Memórias de um menino judeu do Bom Retiro

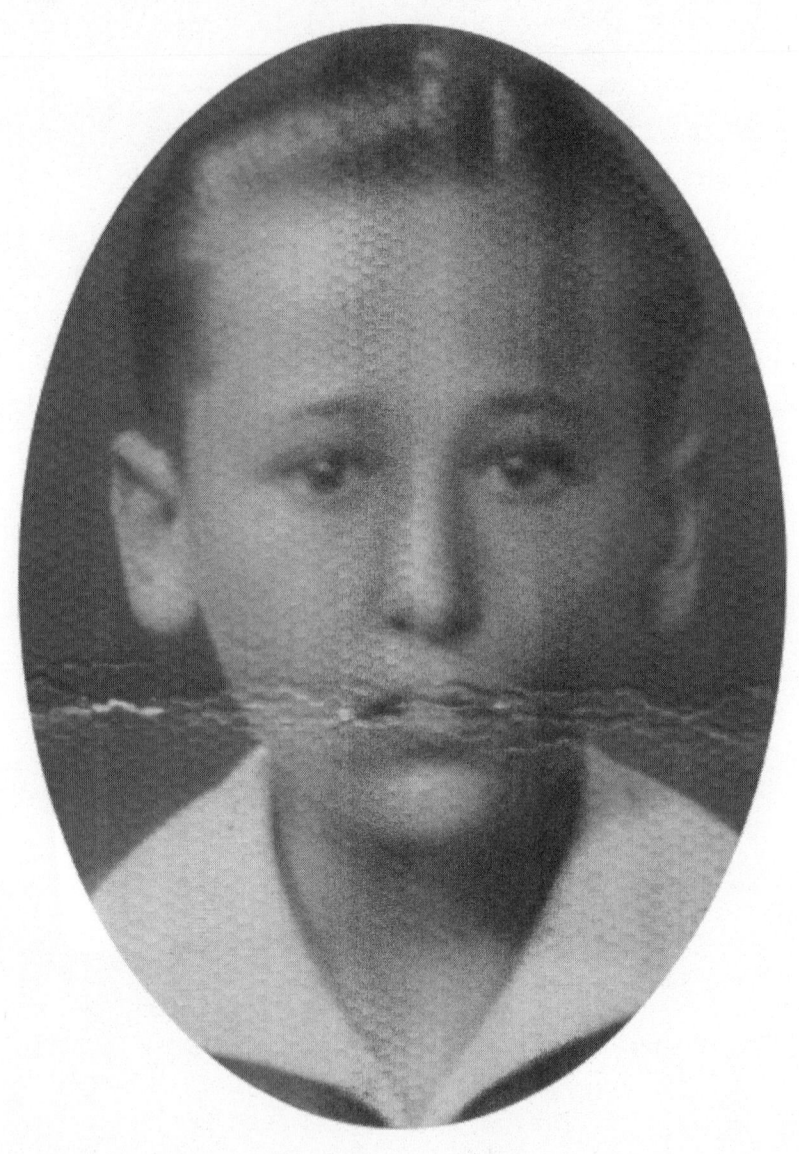

Victor Nussenzweig

Memórias de um menino judeu do Bom Retiro

Victor Nussenzweig

Ilustrações Paloma Franca Amorim

hedra

São Paulo_2014

Sumário

MEMÓRIAS DE UM MENINO JUDEU DO BOM RETIRO 7
I. Recordações sem roteiro 9
II. Bom Retiro 12
III. O mundo pelo rádio 16
IV. Livros, bibliotecas e bolas de gude 21
V. Panelas de barro, circo e álbuns de figurinha 23
VI. Vida de estudante 28
VII. Atrações do meu bairro 30
VIII. Da Polônia ao Bom Retiro 34
IX. Deus, a ciência e o Universo 36
X. Meus pais 41
XI. Mimi, Veludo e Louro: os bichos da casa 44
XII. Médicos, curandeiros e receitas de família 50
XIII. Tio Salomão 55
XIV. Recordações de escola 58
XV. Punido por uma vírgula 62
XVI. De diretor de jornalzinho a escritor aspirante 67
XVII. Mandracke, Dick Tracy e outros heróis 70
XVIII. A coleção de selos de tio Edmundo 75
XIX. Vovó Hudessa, Guta e outros tipos 77
XX. Adolescentes em Santos 83
GLOSSÁRIO 87
O AUTOR E A ILUSTRADORA 93

Memórias de um menino judeu do Bom Retiro

I. Recordações sem roteiro

ESCREVI ESTAS MEMÓRIAS primariamente porque me deu imenso prazer. Estou ciente de que o que me interessa pode deixar outros indiferentes. O incentivo foi a reação de meus netos ao lhes contar histórias de minha infância. Percebi que prestavam imensa atenção, que pouco a pouco se aproximavam de mim não só no espaço, mas emocionalmente, e que eu me transformava de avô em amigo. Ficavam fascinados com a infância de alguém que vivia no Bom Retiro durante a década de 1930 e que era filho de judeus pobres imigrantes da Polônia.

Enquanto lhes contava essas historietas, percebi com surpresa que incidentes muito distantes estavam gravados com nitidez em minha memória. Talvez essa memória do passado tão longínquo seja uma ilusão. Possivelmente os incidentes de que me lembro foram aqueles que "relembrei" com frequência ao longo dos anos. Não creio que essa seja a única explicação, pois, enquanto escrevia, novos, e para mim surpreendentes, detalhes desabrochavam não sei de onde. Por exemplo, eu sabia que meu papagaio cantava uns versinhos, mas eu só lembrava o início, "Papagaio louro….". Alguns dias atrás, ao deitar, os outros versos brotaram. Levantei da cama e tomei nota antes que se esvanecessem.

I. RECORDAÇÕES SEM ROTEIRO

Escrevi sem um roteiro, recordações de um parágrafo levaram ao seguinte. Vários dos incidentes descritos consistem em problemas que me afligiam, em particular sobre os mistérios da sexualidade que eu pressentia desde muito cedo, e a incompreensão e medo da morte. Infelizmente, meus pais sempre foram distantes, e não ajudaram a resolver esses conflitos.

Fiquei tentado algumas vezes a consultar jornais da época para descrever o que então se passava em São Paulo e no resto do país. Resisti. Quando menino, eu pulava as descrições, elucubrações filosóficas e históricas nos livros que eu lia. Quis poupar meus netos dessas chateações. Os únicos documentos relevantes que obtive foram exemplares dos anos 1942-1943 de *A voz da infância*, um jornalzinho mimeografado da Biblioteca Infantil Municipal Monteiro Lobato. Também evitei descrever os membros da família e outros personagens, ou os locais onde os incidentes se passaram. Achei mais fácil incluir fotos de meus pais e irmãos, e do Bom Retiro da época.

II. Bom Retiro

NASCI EM 1928 com cinco quilos e mamei até quase os dois anos de idade. Era um dos orgulhos de minha mãe, a amamentação prolongada dos três filhos. Nos primeiros anos de minha infância, creio que até 1935, morávamos na Rua Jorge Velho, num sobradinho alugado. A rua não era pavimentada, e um bocado afastada do Bom Retiro, onde moravam a maioria dos imigrantes judeus. Tenho poucas recordações da nossa casa. Lembro de um pequeno jardim com roseiras e de um menininho sentado num pinico no meio da sala de jantar. Era eu, doente, mas não sei o que me afligia. Percebi que minha mãe, Regina, estava muito preocupada, foi o que disse a meu pai, Michel. Lembro que a tranquilizei. Eu devia ter menos de cinco anos.

Mais tarde, quanto tive sarampo, vedaram as janelas do dormitório com papel vermelho transparente. Eu achava lindo os rostos vermelhinhos das visitas. Minha mãe vinha me ver várias vezes antes de eu adormecer e encostava os lábios fechados na minha testa. Bem mais tarde, aprendi que aquela carícia de que eu tanto gostava tinha um objetivo mais concreto, verificar se eu estava febril.

A minha caxumba, alguns anos depois, foi uma aventura. O diagnóstico foi feito por minha mãe, que notou meus maxilares salientes; isso, pouco depois do Israel, meu irmão mais velho, ter tido caxumba de verdade, confirmada pelo serviço de saúde da escola. Não havia tratamento médico para caxumba, e alguém deve ter mencionado que ela pode levar à esterilidade. Meu pai, preocupado, me levou para uma curandeira no Tremembé, numa rua esburacada muito além do ponto final do ônibus. A recomendação deve ter vindo de alguma "Maria", que era o nome genérico que minha mãe dava às clientes de meu pai. A curandeira me examinou, tirou de uma gaveta dois papeizinhos brancos, e, depois de benzê-los, os atou com um pano sobre minhas bochechas. Não retirei os papéis por vários dias nem para dormir ou tomar banho. Para satisfação de meu pai, minha caxumba evoluiu sem complicações.

Curiosamente, meu pai acreditava em milagres de curandeiras, mas não de padres católicos. Ele ridicularizava o padre de Poá, que diariamente reunia multidões de doentes na frente da sua paróquia. De acordo com as manchetes de jornais, com alguns passes de mão o padre conseguia curas extraordinárias. Coisa de paralítico andar, cego ver. As curas eram frequentemente descritas em manchetes nos diários. Corria mesmo o boato de que o padre ia virar santo. Soube recentemente que o papa vai beatificar o padre de Poá. O nome dele era Eustáquio van Lieshout, era holandês, e tinha dez irmãos. Seus pais se opunham a uma carreira no sacerdócio, queriam que Eustáquio os ajudasse na lavoura. Apesar de mau aluno, formou-se nos estudos teológicos em 1919. Passou algum tempo na Espanha para aprender espanhol, uma vez que esperava ir para o Uruguai. Mandaram-no, em vez disso, para o Brasil, por isso falava um português espanholado. A fama do padre Eustáquio era tal que milhares de pessoas iam a Poá diariamente procurando alívio do que os afligia.

II. BOM RETIRO

Uma experiência pessoal me convenceu de que fazer milagres não era coisa fácil. Estou me adiantando um pouco, pois nessa ocasião eu devia ter uns dez anos, e já morávamos no Bom Retiro, na Rua Prates. O padre estava então no auge de sua popularidade como fazedor de milagres. Um amigo meu, da mesma idade, e que morava na Rua Três Rios, a dois quarteirões de minha casa, contraiu tétano. Eu soube que ele estava agonizante. O pai era dono da única farmácia do Bom Retiro. Os luminares da medicina paulista já tinham desistido de tratá-lo. Em última instância, chamaram o padre de Poá.

Foi uma comoção quando se soube que ele viria ao Bom Retiro. Correu o boato de que viria durante a manhã. Uma multidão o esperava na frente da farmácia, gente se atropelando. Eu, pequenino, consegui uma brecha, mas nada vi; cercado de policiais a cavalo, o padre desceu rapidamente de um automóvel e desapareceu na farmácia. Na mesma noite, meu amigo morreu. Em dezembro de 2005, o papa Bento XVI decretou que uma das curas milagrosas do padre de Poá era verídica e que ele tinha poderes divinos, abrindo caminho para a sua beatificação. Quem sabe um dia será o primeiro santo do Brasil, e infelizmente eu perdi a oportunidade de vê-lo de perto.

A certeza de que morrer não era só coisa de velhos me afetou profundamente. Durante vários anos tive pavor de morrer dormindo. Meus pais nos obrigavam a ir para a cama cedinho, logo depois do jantar. Para garantir minha sobrevivência, inventei uma cerimônia que era repetida todas as noites ao deitar. Os três dormitórios de nossa casa da Rua Prates saíam de um longo corredor que ia da entrada da casa até a sala de jantar. O primeiro dormitório era o de meus pais, e o seguinte era o das crianças. Meus pais nos proibiam de dormir com pés em direção à porta do quarto, porque essa era a posição em que os judeus colocam os mortos. Saem de casa com os pés para frente, deve ser coisa do Talmude. Por isso a cabeceira de minha cama ficava bem junto à porta que dava para o corredor. Então, deitado bem junto à borda da cama, eu estendia o braço, agarrava a borda da porta e a movimentava com um vai e vem rápido exatamente trinta vezes todas as noites. Uma espécie de abanação da porta, sei lá de onde surgiu essa ideia estranha. Como eu acordava lépido na manhã seguinte, quando meu cachorro Veludo pulava nas camas de cada um de nós, fiquei certo de que a abanação tinha tido efeito. Fiquei sabendo mais tarde que o escritor Émile Zola também tinha medo de morrer dormindo. O cerimonial que ele seguia era outro: antes de se deitar colocava a mão em certos objetos, e já na cama abria e fechava os olhos precisamente sete vezes.

Meu pavor de morrer piorou quando soube do suicídio por enforcamento do pai de um amigo que morava no mesmo quarteirão. Depois de sumir por semanas, foi encontrado pendurado numa árvore bem longe de nossa casa. Nessa ocasião, a ideia de que meus pais também poderiam um dia morrer se transformou de uma possibilidade muito longínqua em uma realidade dolorosa. Eu nunca soube o motivo do suicídio, que era comentado aos sussurros em casa.

III. O mundo pelo rádio

MUITO POUCOS JUDEUS moravam junto à Rua Jorge Velho. Nossa casa era alugada, só bem mais tarde meus pais compraram uma casa bem velha no Bom Retiro, na Rua Prates 712, esquina com a Rua Bandeirantes. Enquanto morávamos na Rua Jorge Velho, Israel e eu brincávamos com os moleques góis do bairro. Israel vivia apanhando, e eu, que sempre o seguia, era quem chorava. Um dia, Israel levou um soco no nariz, sangrou muito, mas não se abalou. Pelo contrário, ficou orgulhoso porque o agressor era da família Zumbano, conhecida por treinar lutadores de boxe. Para satisfação do Israel, o agressor foi mais tarde campeão brasileiro peso médio.

Eu era franzino e medroso. Um dia isso mudou. Um garoto vizinho me desafiou para uma luta corpo a corpo. Os outros meninos formaram uma roda, nós dois bem no centro. Apavorado, não tive jeito de fugir. Ninguém torcia para mim, o Israel não estava presente. Nos atracamos e caímos na calçada, ele por cima. Tentando afastá-lo, eu o empurrei pela garganta. Para minha total surpresa, ele gritou "chega" e se deu por vencido. Tudo durou um ou dois minutos, ninguém se machucou. Eu me levantei espantado, mas ufano. Foi pouco depois desse episódio que convenci meus pais a comprar a série de exercícios de ginástica do Charles Atlas, que prometiam transformar em poucos meses magrelas como eu em Adônis. Todos os exercícios tinham de ser feitos defronte a um espelho. De cuecas, e defronte ao único espelho grande da nossa casa, atrás da porta de um armário no dormitório de meus pais, eu repetia diariamente os exercícios na esperança de adquirir a musculatura de Tarzan. Ao final de cada série, eu dobrava o antebraço sobre o braço fazendo "muque", olhava embevecido no espelho, e me convencia de que o diâmetro de meu bíceps havia aumentado.

Em casa só tínhamos um pequeno rádio Atwater Kent, que era ligado principalmente para ouvir notícias. Durante a guerra na Europa, que começou quando eu tinha onze anos, meus pais ficavam grudados no rádio ao meio-dia ouvindo o Repórter Esso. Ainda me soa nos ouvidos a musiquinha penetrante que anunciava o início do programa. Numa outra ocasião, a família se reuniu junto ao rádio na sala de jantar para um acontecimento muito raro. Arturo Toscanini tinha vindo a São Paulo com sua orquestra, e ia dar um concerto à noite no Teatro Municipal. Os concertos eram raros em São Paulo naquela época. Somente em algumas tardes de domingo íamos ao balcão mais alto do Teatro Municipal ouvir a Orquestra Sinfônica local regida por Eduardo Guarnieri. A vinda de Toscanini foi apregoada nas manchetes de todos os jornais.

Naquela época, o nosso presidente era Getulio Vargas, que admirava os ditadores nazistas. Quando Getulio discursava, os judeus do Bom Retiro ouviam muito temerosos de que levantasse a bandeira do antissemitismo. Imagino que a vinda de Toscanini ao Brasil, patrocinada pelo Departamento de Estado dos EUA, tinha em parte o objetivo de aumentar a simpatia da população pelos aliados na luta contra o nazismo. Era mais uma razão para que nós ligássemos o rádio para ouvir o concerto.

III. O MUNDO PELO RÁDIO

Os preços de ingresso eram considerados exorbitantes no Bom Retiro. A comparação que eu ouvia era que daria para comprar móveis para uma sala de jantar com o dinheiro necessário para comprar ingressos de plateia para a nossa família. Então, ouvir o mesmo concerto pelo rádio era uma pechincha, como textualmente diziam meus pais. O número final foi a 5ª Sinfonia de Beethoven. Os aplausos foram intermináveis, pedidos de bis, o comentarista explicando que o maestro estava exausto: tinha tomado "injeções de cânfora num dos braços", aquele usado para mover a batuta. Fiquei com pena do pobre Toscanini, que meus pais diziam ser italiano, antifascista, e o "melhor maestro do mundo". Meus pais nunca ouviam música clássica, mas adoraram o concerto, certamente em parte porque o Toscanini era antifascista e porque não tinham pagado o ingresso do teatro.

Talvez tenha sido esse concerto que me introduziu na música clássica. A música popular pouco me interessava, exceto quando a letra era engraçada, ou maliciosa, como "Banana menina, tem vitamina, engorda e faz crescer...". Havia uma discoteca pública junto ao Teatro Municipal dirigida por Oneida Alvarenga. Nunca a vi, mas o nome "Oneida" de algum modo me impressionou. Cabines individuais à prova de som podiam ser ocupadas por uma hora ouvindo música clássica gravada em discos de 33 rotações por minuto, uma novidade na época. O meu compositor favorito era Beethoven, as sinfonias cinco, seis e sete, os concertos para piano e orquestra números quatro e cinco, e as suítes de Bach, sendo que a número dois devo ter ouvido dezenas de vezes. A primeira vez que ouvi a 9ª Sinfonia de Beethoven foi no rádio, e fiquei decepcionado.

Aos domingos pela manhã havia um programa infantil na rádio Cruzeiro do Sul. Era um favorito; ouvíamos em casa, ou, com frequência, Israel e eu íamos ao auditório na Rua São Bento.

As crianças faziam fila no palco para responder a perguntas, e os prêmios eram livros. Israel e eu nos deliciávamos quando um garoto errava e nós sabíamos a resposta correta. Passei vergonha quando me perguntaram e não consegui responder qual era a maneira de impedir que a temperatura do café ultrapassasse os cem graus. Um outro programa diário, no fim da tarde, era uma novela policial em capítulos, também precedida de um jingle grudento. Como o Israel voltava do Ginásio do Estado bem depois do fim do programa, eu o encontrava quando descia do bonde na esquina da Rua Tiradentes e lhe contava o último episódio com muito detalhe, incluindo os diálogos que poderiam indicar quem seria o assassino.

IV. Livros, bibliotecas e bolas de gude

UM DOS MEUS GRANDES PRAZERES era a leitura dos contos de fada da coleção amarelinha. Quase todos os meses comprávamos um exemplar. Israel, quatro anos mais velho, economizava os tostões que ganhava semanalmente de meu pai para comprar livros num sebo da Praça João Mendes: seus preferidos eram as aventuras de Tarzan e os livros de Júlio Verne. Fiquei encantado quando saiu o primeiro livro infantil do Monteiro Lobato, *As reinações de Narizinho*, ilustrado por Belmonte, o chargista político da *Folha de S. Paulo*. Nunca esqueci do "pluft" da Narizinho na árvore comendo jabuticabas e do "nhoc nhoc" do porquinho Rabicó no chão, devorando as cascas. Outra paixão trissemanal era comprar o *Suplemento juvenil* e mergulhar na cama, uma espiga de milho cozido ao lado, comendo de grão em grão, e me deliciando com as histórias em quadrinhos do Mandrake, Príncipe Valente, Dick Tracy, marinheiro Popeye, Mutt e Jeff e, mais tarde, Superman. Eu e meu irmão mais novo, Moyses, éramos admiradores e acirrados defensores das histórias em quadrinhos, em oposição aos educadores que as condenavam vigorosamente. No fim da década de 1930, o Ministério de Educação iniciou uma campanha vigorosa contra as histórias em quadrinhos, dizendo

IV. LIVROS, BIBLIOTECAS E BOLAS DE GUDE

que não eram educativas, causavam prejuízos morais, e que os jovens sabiam quem era o Mandrake, mas não conheciam Castro Alves.

No início da década de 1940 houve uma reunião de educadores no auditório da Biblioteca Municipal para discutir os malefícios das histórias em quadrinhos. A diretora da Biblioteca Infantil, que Moyses e eu frequentávamos, estava presente. Não lembro se fui eu ou o Moyses que pediu a palavra, para surpresa dos figurões que enchiam o auditório. Nós havíamos preparado cuidadosamente toda uma série de argumentos e terminamos afirmando categoricamente que as histórias em quadrinhos, ao contrário da opinião da maioria ali presente, eram uma iniciação importante à leitura dos jovens e que deveriam ser incentivadas, não proibidas. Estou certo de que não convencemos a maioria, mas, na saída do anfiteatro, Oswald de Andrade, um escritor que admirávamos, nos congratulou.

Além da leitura, as nossas diversões prediletas quando morávamos na Rua Jorge Velho eram bolinhas de gude, futebol de botão e jogo de panelinhas de barro. O jogo de bolinhas de gude exigia pontaria, para embocá-las nos buraquinhos cavoucados no chão, e força no dedo polegar, para impulsionar nossas bolinhas e tirar do caminho as do adversário. Eu preferia o jogo de botão, provavelmente porque eu ganhava muitas vezes do Israel. Meu tio Edmundo havia me dado vários polpudos botões tirados de um casaco velho, eles deslizavam na mesa com facilidade e rapidez e atingiam a bola, uma ervilha ou um feijão, com mais força que os botões adversários.

Uma de nossas traquinices preferidas era tocar a campainha de um vizinho, fugir e espiar a cara zangada da dona de casa. Isso foi depois aperfeiçoado por um moleque criativo, que teve a ideia de fixar o botão da campainha com barro.

V. Panelas de barro, circo e álbuns de figurinha

DEPOIS DE UMA CHUVA, brincávamos de panelas de barro. Muito mais tarde fiquei sabendo que esse jogo teve origem no norte da África, e que foi trazido para o Brasil por escravos. O que era importante nesse jogo era encontrar um depósito de barro apropriado: tinha de ser macio, maleável e isento de areia ou pedregulhos. A localização dos melhores barros para panela era mantida em segredo. Os garotos se reuniam em roda, e cada um fazia uma panelinha circular de cerca de dez a quinze centímetros, rodeada de um murinho de um a dois centímetros. O fundo da panelinha era bem fino, quanto mais fino melhor, e nós o alisávamos com um pouco de água ou cuspe. Com um movimento circular rápido do braço, lançávamos com violência a panelinha no chão. O fundo estourava com ruído, e o competidor tinha de pagar um pedaço do seu barro para cobrir o buraco. Eu ganhava raramente, e voltava em geral sem barro para casa, para a delícia de minha mãe.

Os moleques falavam muito de sexo, eu ouvindo e entendendo muito pouco. Numa ocasião, o assunto foi a maneira de fazer filhos. Alguns meninos estavam sentados à beira da calçada; eu e vários outros ficamos em frente ao mais velho, que

V. PANELAS DE BARRO, CIRCO E ÁLBUNS DE FIGURINHA

ia desvendar o mistério. Para ilustrar o que acontecia, abriu a braguilha da calca e mostrou um pênis gigante comparado com o meu. Achei impossível que meu pai e minha mãe fizessem "aquilo". Fiquei abalado e, desde então, quando meus pais e eu íamos dormir ao mesmo tempo, o que era raro, eu me apavorava com ruídos e sussurros vindos do dormitório vizinho. Eu adormecia com os ouvidos tapados, a cabeça coberta com o cobertor.

Não sei de quem foi a ideia, mas um dia Israel e eu resolvemos fazer um circo no quintal da casa da Rua Jorge Velho. Imagino que fomos inspirados pela presença de um circo de verdade a um quarteirão de nossa casa. Ao anoitecer, nós olhávamos com inveja a garotada comprar pipoca e entrar na enorme tenda iluminada. Pipoca era proibida, não era *kasher*, meus pais suspeitavam que a gordura fosse de porco. Não podíamos ir ao circo, talvez o preço do ingresso fosse demasiado alto. Para nossa delícia, os dois elefantes do circo eram banhados com potentes esguichos durante a manhã. Uma ocasião, o domador me deixou acariciar um dos elefantes. Fui talvez escolhido porque eu era o menor dos moleques. O domador mandou o elefante levantar a pata, e eu encostei a mão só por um instante; para minha surpresa, os pelos eram duros como agulhas e me machucaram.

Uma noite o Israel me convenceu a "varar" o circo. O que os moleques faziam era deitar junto à lona, levantá-la e ver o espetáculo através das arquibancadas e pernas dos felizardos espectadores pagantes. Eu, sempre medroso, não quis espiar, mas fiquei até o fim com o Israel e só voltamos para casa bem depois da hora do jantar. Meus pais estavam nos esperando na porta de casa, nos receberam inicialmente com abraços e beijos que, para minha imensa surpresa, logo se transformaram em furiosas recriminações. Quem apanhou de cinto foi só o Israel. Eu ouvia os seus berros apavorado na minha cama, escondido debaixo do cobertor. Foi a única vez que meu pai usou o cinto, mas tapas no rosto ou no topo da cabeça não eram raros. O castigo corporal terminou quando eu entrei no ginásio, aos onze anos. Na verdade, as pancadas eram rapidamente esquecidas. Eu preferia os tapas de meu pai às censuras proferidas por minha mãe.

Acho extraordinário que o nosso circo imaginário tenha tido muito sucesso com os garotos da vizinhança. Israel e eu organizamos o programa. Um vizinho nos doou vários óculos com lentes de papel colorido transparente, e nós os distribuíamos logo que pagavam o preço de entrada, que, creio, eram dez palitos de fósforo. Acumulamos muitas caixas, e não faltaram fósforos em casa por algum tempo. O espetáculo era no quintal no fundo de casa. Havia um mamoeiro junto ao muro de tijolo que separava nosso quintal do quintal do vizinho. O espetáculo começava com uma história de mocinho e bandido. Nos alternávamos no papel de mocinho. Nossa bicicleta vermelha de três rodas era o cavalo do mocinho, e uma vassoura, o do bandido. Essa bicicleta foi usada por muitos anos nas calçadas pavimentadas das ruas vizinhas, o Israel pedalando e eu no estribo. Nós deixávamos para o fim do espetáculo a esperada luta entre o leão e o tigre: eram o Lulu e a Mimi, que nós mantínhamos fechados na cozinha. Logo que os soltávamos no quintal, a Mimi subia pelo mamoeiro e pulava no quintal do vizinho, nós anunciávamos a vitória do leão e a garotada aplaudia.

Uma de minhas ambições na época era completar uma coleção de fotos dos jogadores de futebol e ganhar uma bola de couro. Jogávamos muito futebol na calçada de nossa casa, mas a bola era um pé de meia velho recheado de folhas de

V. PANELAS DE BARRO, CIRCO E ÁLBUNS DE FIGURINHA

jornal. Nos domingos, acompanhávamos pelo rádio os jogos de nosso clube favorito, o Corinthians. O Palestra Itália era o time vilão, time de italianos que meus pais acusavam de fascistas. As fotos dos jogadores vinham enroladas em balas à venda em bares e armazéns, e de acordo com a frequência em que as fotos apareciam, eram classificadas em figurinhas "fáceis" ou "difíceis". As fotos eram coladas em páginas de um álbum, cada uma delas preenchida com os jogadores de um dos clubes profissionais.

Como tínhamos muito pouco dinheiro para comprar tantas balas, resolvemos abrir um "cassino" na frente de nossa casa. As apostas eram feitas com as figurinhas. O jogo consistia em tirar às cegas três bolinhas de um saquinho de pano que continha peças de um jogo de loto numeradas de um a cem. Os moleques só ganhavam uma de nossas figurinhas quando a soma dos três números era inferior a 21. Coitados, eles não sabiam que tinham muito pouca chance. Rapidamente preenchemos o álbum, com exceção de uma das figurinhas, a mais difícil: o Luizinho do São Paulo. Foi daí que nasceu a expressão "figurinha difícil" para descrever alguém que se faz de importante.

VI. Vida de estudante

DURANTE O PRÉ-PRIMÁRIO frequentei o Colégio Stanford, na Alameda Nothman. Uma mansão cercada de um imenso jardim. Dona Blandina era a diretora. Na festa de fim do ano, eu cantei algo fantasiado de menina. Provavelmente fui escolhido porque eu tinha cabelo comprido, minha mãe não me deixava cortá-lo. Aparentemente fiz sucesso, percebi muita risada da plateia que eu só entendi mais tarde, quando minha mãe me disse que enquanto eu cantava eu lambia continuamente os lábios – cobertos de um batom que devia ser adocicado. Um dia, meu primo Salomão veio me buscar, em vez de minha mãe. Ele me alarmou dizendo que o meu irmão Moyses, que tinha pouco mais de um ano de idade, estava seriamente enfermo. Na verdade era sarampo. Novamente as janelas de nosso quarto foram forradas de papel vermelho.

No ano seguinte me matricularam no Grupo Escolar Prudente de Morais, um prédio de tijolos na frente da Estação da Luz. Já morávamos no Bom Retiro. Eu adorava a minha professora nos dois primeiros anos e fiquei decepcionado quando mudamos de classe. O uniforme era obrigatório: camisa branca e calça ou saia azul-marinho, e sapato preto. Nós nos reuníamos no pátio antes das oito da manhã, e cada classe se enfileirava esperando que o diretor, professor Horácio, nos desse o sinal de marchar em ordem para a sala de aula.

Aprendemos a ler e escrever na base do bê-á-bá. Na frente da sala havia uma coleção de gravuras em cores representando várias cenas domésticas ou campestres. No segundo ano escrevíamos descrições das gravuras, e no terceiro compúnhamos uma historieta baseada no que víamos. No quarto ano se iniciaram as aulas de ciências. Para minha surpresa, fui um dia chamado à diretoria. O professor Horácio e minha professora, ambos muito sorridentes, me congratularam por ter tido a melhor nota no exame de ciências. Não dei maior importância ao fato, e creio que nem o mencionei aos meus pais. Naquele mesmo ano causei pânico na escola. No dentista, durante os preparativos para arrancar um dente, eu adormeci profundamente após a anestesia local a éter. Quando acordei, lá estavam o professor Horácio e várias professoras muito alarmadas. Meus pais porém não deram importância alguma ao fato.

VII. Atrações do meu bairro

AS ATRAÇÕES DIÁRIAS ao sair da escola eram os ambulantes na frente da Estação da Luz. Os ambulantes apregoavam suas mercadorias no centro de um círculo de imigrantes que acabavam de desembarcar do trem, ainda agarrados a suas pequenas maletas. Muitos tinham vindo do Nordeste, onde secas impiedosas recorriam com frequência. Eram os alvos preferidos dos batedores de carteira e de vigaristas. Nós os chamávamos de "caipiras", e caçoávamos de sua credulidade, que era também aproveitada pelos ambulantes apregoando as milagrosas propriedades dos produtos que vendiam. Um deles, o meu preferido, começava sua pregação colocando na calçada uma maleta de couro marrom com a tampa toda perfurada e que de imediato despertava a curiosidade dos "caipiras". Eu sabia que a sua intenção era vender caixinhas de sabonetes que curavam "caspa branca, preta, amarela". Além dos sabonetes, as caixinhas continham "valiosíssimos presentes", anéis, brincos e outros objetos de "ouro de 22 quilates". A mala perfurada alojava uma cobra amarela que eu achava linda e que só era exposta no final das vendas.

Outros ambulantes vendiam pipoca, amendoim torrado, paçoca, caldo de cana, pé de moleque, maria-mole branquinha e coberta de coco ralado, chocolate e pastéis. Lembro bem de um deles, cujos doces italianos não eram expostos, mas armazenados numa grande caixa metálica cilíndrica verde-escura. Ele apregoava os doces entoando "pasticcina, labariccina", ao mesmo tempo em que fazia soar uma castanhola de madeira. Eu não comia nada, advertido por minha mãe dos perigos da comida não *kasher*. Só bem mais tarde, já no primeiro ano do ginásio, comi meu primeiro pastel de palmito – de carne não ousei – numa pastelaria chinesa na Praça da Sé.

Ao sair da escola, eu procurava fazer por caminhos variados a travessia do Jardim da Luz até minha casa. Num lado do jardim, marginando a Rua Prates, as mães passeavam com seus nenês junto aos canteiros de roseiras. O lado oposto era sombrio e pouco frequentado, com passagens tortuosas e árvores imensas. No centro do parque, o coreto e uma pracinha, onde em alguns dias da semana estacionava uma biblioteca ambulante: uma caminhonete da prefeitura cujas portas laterais se abriam revelando as estantes de livros. Para mim, a atração maior eram os livrinhos de capa vermelha do Conselheiro XX, pseudônimo de Humberto de Campos. A maioria continha crônicas atacando políticos e figurões e não me interessavam. Eu procurava aqueles que tinham histórias de amor que na época eram consideradas eróticas. Não me recordo de nenhuma delas, mas essas tardes de transgressão eram um segredo que eu não compartilhava nem com o Israel. Meus amigos falavam muito de livros "proibidos" de um italiano, Pitigrilli, um dos quais se intitulava *Cocaína*. Nunca consegui um exemplar.

Humberto de Campos já havia morrido, mas um médium brasileiro famoso, Chico Xavier, dizia que se comunicava com ele e que recebia as crônicas do além, que eram publicadas nos jornais e anunciadas em sensacionais manchetes. Os críticos literários atestaram a autenticidade de estilo, e em 1944 os parentes próximos de Humberto de Campos chegaram a exigir

VII. ATRAÇÕES DO MEU BAIRRO

os direitos autorais dessas crônicas. Chico Xavier era famoso no mundo todo, nessa época o Espiritismo estava em grande voga. Meus pais tinham dúvidas sobre a autenticidade das comunicações dos médiuns com os mortos, mas não deixaram de comprar um dos livros de Chico Xavier, documentando fotograficamente os plasmas e levitações que ocorriam nas sessões mediúnicas. Eu me deleitava folheando o livro, principalmente com as fotos. Não me ocorria a possibilidade de que não eram reais.

VIII. Da Polônia ao Bom Retiro

MEUS PAIS VIERAM DA POLÔNIA em 1923, depois da Primeira Grande Guerra, trazendo Israel ainda mamando. A família de meu pai, Michel, ou Muchuel, veio de uma *shtetl*, Stashow, e a de minha mãe da Cracóvia. Não tenho informação alguma sobre a família de meu pai. Três sobrinhos, Salomão, David e Henrique, vieram também para São Paulo, e Henrique morou vários anos conosco, ocupando um dos três dormitórios da casa da Rua Prates. Meus pais mantinham uma cozinha *kasher*, mas não eram muito religiosos: sinagoga só nos "grandes feriados" judaicos, mas os sábados eram dias normais de trabalho.

Eu assistia fascinado às rezas matutinas de meu pai. Começava por abrir um saquinho azul de veludo, que era guardado cuidadosamente debaixo de uma pilha de roupas no armário do dormitório. Retirava o tvilim branco e preto margeado de franjinhas e o jogava com certa elegância sobre as costas. Depois vinham os apetrechos que mais me intrigavam: uma fita de couro preto que ele enrolava numa ordem precisa entre os dedos da mão e num braço, e um cubo preto de conteúdo misterioso que era colocado na testa. Rezava em voz alta em hebraico; eu tinha a impressão de que a reza era comprimida, sentenças e parágrafos omitidos ou não terminados. Meu pai nunca explicou o significado dessa cerimônia matutina diária, não estou certo de que ele mesmo soubesse.

Quando morávamos na Rua Prates, minha mãe fazia a feira duas vezes por semana, percorrendo sempre as mesmas barraquinhas. Se faltava algo, nos mandava (Israel e eu) aos empórios a um quarteirão de casa, na esquina da Rua Guarani. Um leiteiro, que tinha uma granja em Santana, trazia o leite muito cedo pela manhã numa carroça puxada por um burrinho. Israel nunca tomava leite, e eu tinha nojo das gotinhas de gordura que flutuavam no copo. Algumas vezes o leite era de cabra, tirado na hora por um menino que subia a Rua Prates tocando um sininho e apregoando a venda de leite fresco. Outras entregas semanais eram as de carvão e de blocos de gelo, ambos trazidos em caminhões. O carvoeiro cobria a cabeça com um capuz feito de sacos vazios de carvão, e outro saco vazio cobria as costas. O carvão era depositado no quintal de casa ainda dentro do saco e usado diariamente no nosso fogão. O gelo vinha em longos blocos puxados com um gancho metálico para a frente do caminhão e cortado em pedaços com um serrote. Minha mãe recebia o gelo num balde e o colocava na gaveta lateral da geladeira. Só muito mais tarde, quando o Israel e eu já estávamos na Faculdade de Medicina, compramos um refrigerador elétrico de presente para minha mãe.

IX. Deus, a ciência e o Universo

UMA PREOCUPAÇÃO MINHA era saber se Deus existia. Passei por várias fases, e aos onze anos, quando entrei no Ginásio do Estado, eu era ainda crente. Numa aula de biologia, um professor nos disse que o objetivo dos cientistas era explicar as leis que governam os fenômenos naturais, inclusive a origem da vida. Levantei-me e argumentei que a ciência era desnecessária, uma vez que Deus explicava tudo isso. Outro assunto de discussão era o que seria o infinito. O professor de matemática falava do valor de pi, que não acabava nunca, o de geografia ensinava que o Universo podia ser finito ou infinito. Eu me angustiava por não entender.

Apesar das preocupações filosóficas, nunca tive inclinação religiosa. Muito cedo verifiquei que alguns judeus que se diziam religiosos eram hipócritas. Dois pequenos empórios, um defronte ao outro na esquina da Prates com a Rua Guarani, competiam pela freguesia judaica. Os dois vendeiros (Izicl e Smil Zanvl) eram judeus. Itzicl trabalhava todos os dias, exceto no domingo à tarde, mas o Smil Zanvl, que se dizia religioso, fechava aos sábados. De pura molecagem, eu resolvi pôr à prova a fé do Smil Zanvl... Num sábado, bati na porta de sua casa, ao lado da venda. Smil Zanvl, de capotão preto e iamulca, abriu e não ficou surpreso quando expliquei o que eu queria comprar. A loja estava na penumbra. Ele não acendeu a luz, mas me serviu com rapidez, e não teve pejo algum em cobrar e me dar o troco. Me fez sair pela porta da casa entreaberta, sub-repticiamente. Meus pais adoravam contar esse episódio, para a família e os amigos.

Para minha infelicidade, havia uma pequena sinagoga ao lado. A nossa casa e a sinagoga eram geminadas, isto é, uma das paredes era comum. Curiosamente não ouvíamos o que se passava na sinagoga, o isolamento acústico da parede de tijolo devia ser ótimo. Depois de meu Bar Mitzvah, quando à tardinha eu voltava para casa do Ginásio, era impossível evitar o *shames*, gordão e de barbas longas, que ficava na esquina de casa de olho nos passantes e ansioso por completar os dez judeus necessários para a reza. Fui compelido a participar do minion numerosas vezes. Ele botava a mão pesada no meu ombro e me empurrava para a sala onde os outros nove estavam à espera. Até que uma vez me aplaudiram!

A cerimônia de Bar Mitzvah contribuiu também para aprofundar minha aversão à religião. Tive de aprender a ler hebraico, sem entender o que lia. Meus pais haviam me matriculado na escola israelita Renascença para aprender a ler a Torah, e decorar em ídiche o discurso obrigatório no fim da cerimônia. O Israel, apesar de já haver feito o Bar Mitzvah, frequentava a mesma classe. A escola ficava a um quarteirão de nossa casa, junto à Rua Salvador Leme, e as aulas, exclusivamente para meninos, eram à tardinha logo que voltávamos do Ginásio. Para nossa satisfação, Israel e eu fomos expulsos da escola em menos de um mês...

O professor de hebraico era um jovem atarracado sempre de barba por fazer e com a cabeça coberta por um capale preto. Era a única classe de hebraico da escola, e reunia meninos de

IX. DEUS, A CIÊNCIA E O UNIVERSO

várias idades. A instrução era de vários níveis, e enquanto o professor se ocupava de um grupo, o resto da classe não tinha o que fazer; era difícil manter a disciplina. Numa ocasião, o professor deu uma reguada na cabeça do Israel – que conversava aos sussurros com um menino ao lado. A reação do Israel foi instantânea. Arrancou a régua da mão do professor, partiu-a em dois no joelho, e jogou-a com violência no chão. Eu estava bem quietinho, apavorado. O professor expulsou Israel da classe, puxando-o pela orelha para a porta. Então olhou para o meu lado, onde eu esperava aterrorizado, e gritou "Você também!".

Meus pais nos apoiaram, não voltamos mais à escola. A solução foi contratar um professor particular. O primeiro foi o "bengaludo", que eu odiava. A sua chegada ao corredor de casa era anunciada pelo toc-toc da pesada bengala que usava – apesar de não ter nenhum defeito físico óbvio. Eu tinha a impressão de que a bengala era uma arma preventiva. Os agravantes eram que o "bengaludo" tinha mau hálito, vivia comendo tabletes de chocolate embrulhados em papel de alumínio, que abria lentamente na minha frente, e nunca me ofereceu um só. Meu progresso na preparação para o Bar Mitzvah era lento, e meus pais finalmente despediram o "bengaludo". Acho que a razão era o preço alto que cobrava.

O substituto foi Mr. James, um tipo extraordinário! Era bem alto, barrigudo, o rosto mal barbeado, sempre com vários tufos de pelos na face, e outros saindo da orelha e do nariz. Usava óculos de aros de metal, sempre fora da horizontal, e um olho imóvel (achávamos que era de vidro). As sobrancelhas espessas e longas se pareciam com um bigode na testa. Mancava, parecia ter uma perna mais curta do que a outra. A roupa, muito apertada, havia com certeza pertencido a um outro dono mais magro. O colete era multicolorido e um dos bolsos continha um relógio que ele consultava com frequência puxando uma corrente pesada. Meus pais diziam que Mr. James era um sábio, falava pelo menos dez línguas. As aulas não eram melhores que as do "bengaludo", mas ele nos tratava bem e dormitava enquanto repetíamos ainda sem entender as múltiplas orações que eu devia recitar na sinagoga. No dia da cerimônia não recebi presentes, a não ser um terno novo azul-marinho e um par de sapatos. Nunca mais vi Mr. James.

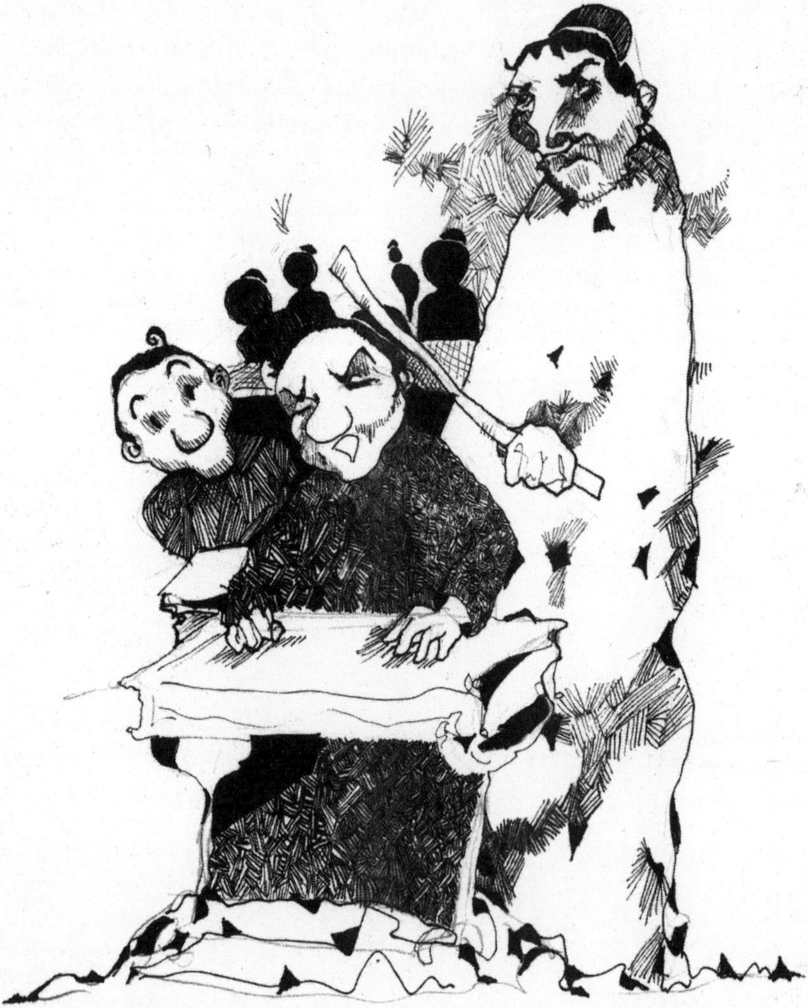

X. Meus pais

DA FAMÍLIA DE MINHA MÃE sei apenas que algum antepassado fazia panelas de cobre, daí o nome da família Kupferbloom ou "flor de cobre". Ela se orgulhava da família, dizia que eram muito educados, incluindo farmacêuticos, engenheiros, dentistas e outros profissionais. Mamãe era encarregada da nossa educação, controlava nossos boletins escolares; às vezes me castigava verbalmente, o que eu mais temia. Às sextas-feiras à tardinha, eu a via defronte a duas velas acesas rezando. Nunca tive conversas íntimas com meus pais, que eu tratava de "senhor" e "senhora". Minha mãe raramente me dava conselhos. O que sempre repetia era: "Não se iluda com a beleza das mulheres; de manhã, quando se levantam, são muito diferentes". Quando meus pais brigavam – e isso não era frequente –, eu me apavorava, pois chegavam a rolar no chão, minha mãe gritando e chorando.

Havia no Bom Retiro um grupo grande de judeus oriundos de Stashow, uma *shtetl* na Polônia. Muitos deles (inclusive meu pai) haviam começado a ganhar a vida como ambulantes, vendendo a prestações, ao chegar a São Paulo. Eram chamados clientelchiks. Na época as lojas só vendiam se o pagamento fosse "à vista". Meu pai, que naquela ocasião devia ter cerca de trinta anos, saía à rua com colchas e cobertores nas costas

X. MEUS PAIS

e os vendia no Canindé e outros bairros pobres em torno do Bom Retiro. O prazo de pagamento era invariavelmente de um ano. Cada cliente era registrado num pequeno cartão impresso contendo o nome, endereço e o total da dívida. Tudo escrito a lápis. Mensalmente, meu pai ia de casa em casa e cobrava as prestações.

Creio que gostava do que fazia: tinha amizade com os clientes, batia papo com as donas de casa, conhecia a família toda. Pouco a pouco, os clientes passavam a ter confiança em meu pai e pediam sua ajuda para comprar roupas, móveis e até joias. Meu pai continuou clientelchik até o fim da vida – para a infelicidade de minha mãe, que via os parentes próximos passar rapidamente a comerciantes ou mesmo industriais. O talento de clientelchik se resumia em escolher com cuidado os clientes e inspirar confiança. Meu pai tinha um pequeno desconto nas lojas, e multiplicava esse preço por dois. Como não havia inflação, e os clientes raramente deixavam de pagar, pôde sustentar a família, e após alguns anos as economias foram suficientes para comprar uma casa. Apesar disso, a renda mensal era instável, e todos os anos quando os clientes começavam a minguar eu presenciava discussões amargas, o medo do futuro pairava sobre a família, e meu pai se achava culpado. Nós procurávamos acalmá-los dizendo que se fosse necessário iríamos todos trabalhar. Foi só muito mais tarde, quando eu já havia entrado na Faculdade de Medicina, que meu pai comprou uma lojinha na Rua São Caetano. Morreu menos de um ano depois.

Minha mãe era dona de casa. Cozinhava e tomava conta dos três filhos. Mais culta que meu pai, nos ajudava nas lições de casa. Passava as tardes lendo, fazendo tricô, ou visitando sua irmã, Jeny. A limpeza era feita por uma empregada. Quando faltava ou era despedida, a crise era séria e para mim as consequências eram diretas, pois tinha de limpar diariamente a casa toda. Era imensa a quantidade de poeira que se acumulava. Nunca soube de onde vinha. Minha obrigação penosa era de passar um escovão muito pesado no soalho de madeira de todos os quartos e remover o pó com uma vassoura felpuda. O Israel era poupado porque era o mais velho, o ginásio supostamente exigia mais esforço, e o Moyses era ainda pequeno. Num movimento de vai e vem, eu ia de quarto em quarto escovando o soalho, até chegar à sala de jantar, de onde eu vislumbrava minha mãe na cozinha preparando o almoço. O meu descanso e paz de espírito dependiam da contratação de uma nova empregada. Algumas eram jovens e atraentes. Na ausência de meus pais, eu passava horas em conversas com elas tentando seduzi-las, e algumas vezes tive sucesso parcial.

    Lembro de uma delas em especial, uma portuguesinha adolescente, magrela, de feições delicadas. Israel e eu conversávamos diariamente com ela na ausência de meus pais, o que se chamava, então, "passar a cantada". Foi logo evidente que ela preferia minha companhia. Depois de alguns meses permitiu que eu entrasse no seu dormitório quando tivesse certeza de que meus pais dormiam. Logo que meu pai começava a roncar, eu saía de meu quarto, o medo predominando sobre a emoção. Na ocasião, eu estava no segundo ano do ginásio e já pressentia a adolescência. Passávamos alguns poucos minutos na cama, quietos, abraçados, mas sem nos despir. Isso durou pouco, mamãe nos surpreendeu. Fiquei apavorado, mas, inesperadamente, nunca mencionou o que havia visto. A empregada, coitada, foi despedida imediatamente. Daí por diante, só velhas feias conseguiam emprego em casa. Depois que meu primo Henrique ocupou o terceiro dormitório, as aventuras terminaram, as empregadas não mais dormiam em casa e só velhas feias foram contratadas por mamãe.

XI. Mimi, Veludo e Louro: os bichos da casa

NOSSA CASA NA RUA PRATES era térrea, muito estreita, os três dormitórios davam para um longo corredor que ia da porta de entrada até a sala de jantar. Meus pais ocupavam o primeiro dormitório, Israel, Moyses e eu, o segundo, e as empregadas o terceiro até a chegada do meu primo Henrique. Na sala de jantar, um divã coberto de couro servia para meu pai repousar depois do almoço. A privada e o banheiro ocupavam dois quartos contíguos à cozinha. O porão da casa era um criadouro de baratas imensas que me apavoravam. Elas saíam geralmente à noite, mas mesmo durante o dia se reuniam no banheiro escuro, atraídas provavelmente pelos pedaços de jornal usados como papel higiênico. Eu abria a porta da privada com muito cuidado, e acendia a luz para dar tempo que as baratas sumissem. A privada tinha duas portas, uma dava para o banheiro, outra se abria para o nosso quintal, onde o Israel brincava de mocinho e bandido, enquanto eu, empoleirado no vaso, fazia minhas necessidades. Os papéis se invertiam se o Israel estivesse na latrina. O teatro fecal durava bem mais tempo que o trânsito intestinal.

O sacrifício das galinhas pelo *shochet* também se passava no quintal. Ele nos visitava várias vezes durante a semana, porque canja e galinha ensopada eram frequentes no almoço. Os frangos eram selecionados por minha mãe numa loja na Rua Guarani. Ela os segurava pelas pernas, a cabeça para baixo, e soprava as penas do traseiro para inspecionar a cor da carne. Imagino que galinhas de carne mais escura eram excluídas, talvez um racismo galináceo. O *shochet*, vestido com uma batina preta, que emoldurava uma barba também preta e bem cuidada, sacava do bolso do paletó um estojo. Eu adorava ver o interior do estojo, aveludado e de cor vermelha, emoldurando uma lâmina losangular afiadíssima com cabo de madrepérola. Minha mãe trazia a galinha, o *shochet* nunca entrava no galinheiro, que ficava no fundo do quintal. Minha mãe ia para a cozinha, e o *shochet* começava a operação ritual. Conseguia com uma só mão botar a cabeça da galinha junto ao corpo e com o pescoço estendido. Com a outra mão, depenava o pescoço, e só então retirava a lâmina. Com um gesto rápido circular, cortava as artérias e veias, o sangue vivo jorrava instantaneamente. A galinha era jogada junto a um ralo do quintal, pulando e sangrando. Eu nunca enjoei desse espetáculo. A empregada estava sempre de prontidão com um balde de água, e o sangue diluído escorria pelo ralo. Minha mãe levava a galinha para a cozinha e sem demora a depenava. Dizia que era muito mais fácil depenar galinha quente. Eu imaginava que as outras galinhas sabiam do destino da companheira e que iriam escapar durante a noite.

Eu e nossa gata Mimi seguíamos a dissecação da galinha com interesse: eu, aprendendo anatomia, e a Mimi esperando o intestino que espantosamente deglutia do começo ao fim, um ou dois metros de intestino desaparecendo miraculosamente na barriga da gata. Mimi estava tão acostumada com a guloseima que vinha para a cozinha assim que o *shochet* ia ao quintal. Não tinha a menor curiosidade de presenciar a matança, só apreciava os resultados. Um dia, decidimos nos livrar da gata, nem sei

45

XI. MIMI, VELUDO E LOURO: OS BICHOS DA CASA

a razão. Talvez meus pais tenham enjoado de vê-la devorando intestinos de frangos e baratas. Eu, pelo contrário, admirava sua rapidez, não deixava as baratas escapar. Com as duas patinhas da frente contendo a presa, não tinha pressa, provavelmente não tinha muita fome. As baratas eram comidas só de gulodice, devagarzinho, ela dava as mordiscadas sistemáticas sempre começando pela cabeça e ia devagar até o fim, fazendo um barulho crocante ao mastigar a carapaça dura. Eu adorava ficar vendo, mas minha mãe achava nojento. Além disso, a gata miava desesperadamente na cozinha enquanto minha mãe limpava a galinha, o rabo empinado passando entre as pernas de minha mãe, e só parava quando recebia o viscoso intestino.

Israel e eu não nos opusemos ao sacrifício da Mimi. Nunca brincávamos com ela, exceto para demonstrar aos amigos que ela caía sempre em pé não importava de qual altura a jogássemos. Um dia, meu pai botou a Mimi num saco de carvão vazio e a levamos a pé até o Campo de Marte, a cerca de dois quilômetros de nossa casa. O Campo de Marte era um pequeno aeroporto para aviões tipo teco-teco, e que ficou famoso durante a revolução paulista de 1932, quando o aeroporto foi bombardeado pelas forças de Getulio Vargas – mas pelo menos uma das bombas não explodiu. Naquele tempo, usar avião como instrumento de guerra era um recurso novo, introduzido poucos anos antes, durante a grande guerra de 1914-1918. Dizem que o bombardeio do Campo de Marte contribuiu para o suicídio de Santos Dumont, horrorizado ao ver sua invenção utilizada de maneira perversa. Mas, voltando ao gato, o saco foi deixado aberto num brejo vizinho ao campo de aviação. Voltamos em direção à Avenida Tiradentes e tomamos um bonde para não deixar rastro que pudesse orientar a volta da Mimi. Não é que duas semanas depois, quando minha mãe estava estripando uma galinha, um miado persistente e choroso veio do teto da cozinha?! Era Mimi, que tinha achado nossa casa, entrado por alguma fresta no telhado e, procurando a cozinha, ficado presa no vão entre o telhado e o teto. Foi muito difícil tirá-la de lá, e desta vez meu pai a abandonou em Santo Amaro. Nunca mais vimos a Mimi.

O nosso cachorro, Veludo, passou então a dominar o quintal, tomando conta das galinhas, cobaias, coelhos e mesmo ratinhos que nós comprávamos. O Veludo era um vira-lata branquinho, felpudo e gorducho. Pela manhã, minha mãe abria a porta da cozinha e Veludo entrava velozmente no nosso dormitório e pulava de cama em cama nos acordando. Ardil de mamãe, que sabia que não acordávamos facilmente e que não protestaríamos contra as lambidas do Veludo nos nossos rostos.

O desaparecimento do Veludo foi um dos episódios mais traumáticos de minha infância. Passei vários dias perambulando pela redondeza com esperança de encontrá-lo. Nem os vizinhos nem meus amigos haviam visto o Veludo. Fui bem mais longe, lembro que desci a Rua São Caetano, perguntando de porta em porta aos negociantes se haviam visto Veludo. Como não tinha um foto, com certeza repeti a descrição do querido Veludo dezenas de vezes. Na época, não me ocorreu a ideia de que meus pais haviam dado a Veludo o mesmo destino da Mimi. Hoje isso me parece possível, afinal quem roubaria um vira-lata?

Outro personagem importante em casa era o Louro, um papagaio que era o xodó da minha mãe e que não dava bola a ninguém mais. Um das minhas ambições era conseguir que o Louro abaixasse a cabeça, arrepiasse as penas e me convidasse a tocá-la. Era um jogo de sedução e rapidez, o Louro parecia se submeter, eu devagarzinho botava meu dedo indicador na sua cabeça, quando de repente ele mudava de ideia e tentava me bicar. Os movimentos do Louro eram limitados no poleiro por uma correntinha e uma argola presa em torno de uma das pernas.

XI. MIMI, VELUDO E LOURO: OS BICHOS DA CASA

Um arame bem torcido atravessava dois orifícios na argola e a mantinha imóvel. Frequentemente, eu via o Louro tentando se libertar desenrolando com o bico o arame que prendia a argola. Algumas vezes conseguia, e então voava até um dos quintais vizinhos. Minha mãe ia de casa em casa até encontrar o Louro empoleirado em uma árvore, provavelmente sem saber o que fazer com sua liberdade. Quando via minha mãe, descia para um galho mais baixo e, aliviado, se aconchegava nas suas mãos. Não era uma fuga de verdade, talvez fosse somente uma demonstração de independência e de que era ainda capaz de se libertar.

Pela manhã, o Louro tentava nos acordar gritando nossos nomes. Recitava alguns versos ("papagaio louro, do bico dourado, mande esta carta pro seu namorado"), mas não fomos nós que ensinamos. Assobiava, mas nada melodioso. Descascava amendoim e comia somente o interior das sementes, descartando os restos na gaiola ou no chão. A sujeira em torno do Louro, na gaiola ou no chão, era limpa por minha mãe, não pelas empregadas, que tinham pavor de serem bicadas. A gaiola do Louro não era fechada, consistia em duas placas de metal, a vertical com duas canecas – uma de água e outra de comida – e o poleiro. Quando fazia muito calor e o Louro queria se banhar, derramava a caneca d'água, se empoleirava por baixo da placa horizontal, e recebia na barriga a água que escorria. Minha mãe adorava o Louro, que lhe fez companhia na cozinha por mais de dez anos. Ela o alimentava, limpava sua gaiola e conversava com ele, muitas vezes em ídiche. O Louro amenizava a rotina que ela tinha de enfrentar enquanto preparava os poucos pratos de que meu pai gostava.

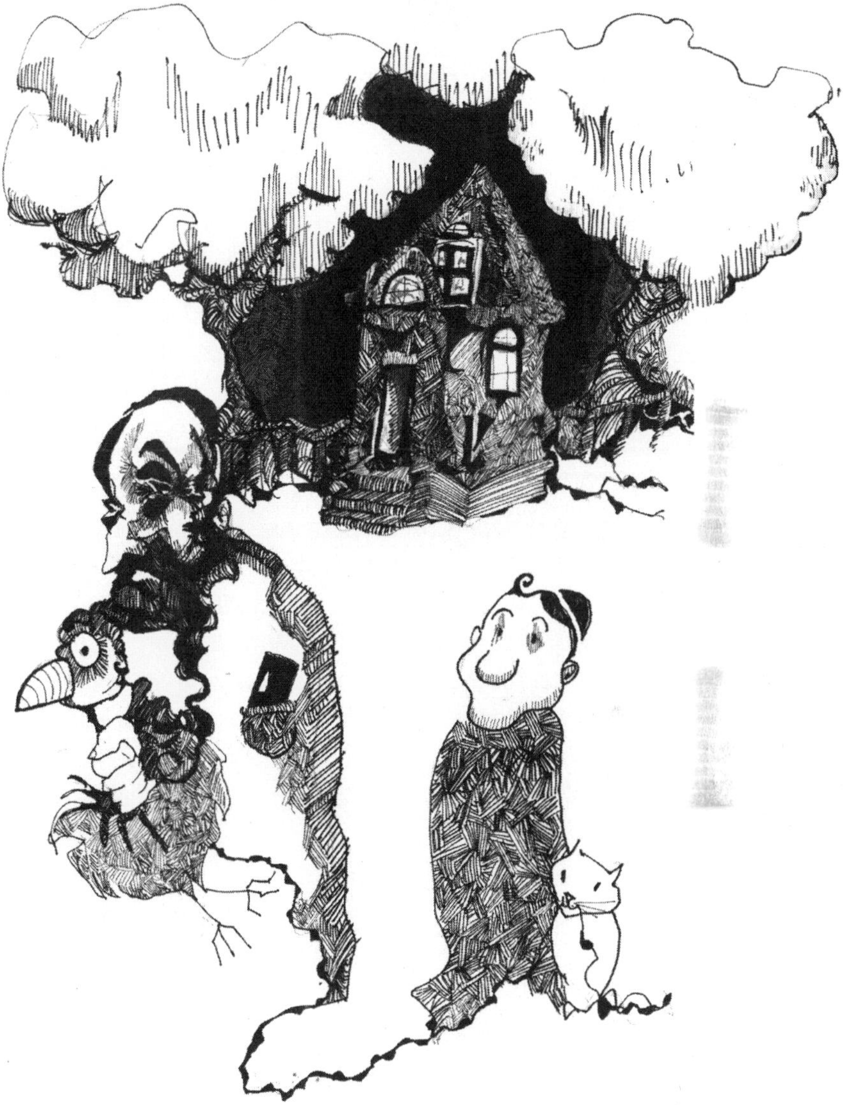

XII. Médicos, curandeiros e receitas de família

NÃO SÃO MUITAS as recordações de meu pai, tinha um mínimo de contato conosco. Na hora dos castigos, minha mãe o utilizava. Eu me envergonhava dos peidos de meu pai. Quando ele se ajoelhava numa cadeira na cabeceira da mesa, eu sabia o que vinha: rojões sonoros, um atrás do outro, mas curiosamente sem cheiro. Um dia ousei perguntar por que peidava tanto. Com toda a seriedade, ele contou que o gerente do Mappin, na época a maior loja de São Paulo, havia morrido subitamente ao atender uma mocinha quando tentava suprimir um peido. Eu acreditei. Meu pai tinha crises de dor no estômago e às vezes voltava do trabalho gemendo, com cólicas violentas, e se deitava no divã da sala de jantar. Tentou restringir ainda mais a sua dieta, que passou também a ser a nossa. Todos os dias comíamos canjas, galinhas cozidas, arroz e bifes de filé mignon. Nenhum dos dois médicos judeus do bairro, doutores Schechtman e Deutch, levavam as queixas de meu pai a sério.

Como as crises se sucediam, meu pai resolveu consultar um cirurgião famoso, o doutor Montenegro, professor de cirurgia da Faculdade de Medicina. A primeira radiografia revelou uma úlcera duodenal. Meu pai não quis se operar e preferiu a alternativa que o Montenegro sugeriu: ficar de cama por 21 dias fazendo uma dieta exclusiva de leite. Eu fui então o escolhido para fazer a cobrança das prestações dos fregueses de papai. Isso porque o Moyses tinha só dez anos, e o Israel já estava no primeiro ano da Faculdade, e meus pais queriam poupá-lo. Aconteceu então algo inesperado. Enquanto meu pai trabalhava o dia todo, eu terminava a cobrança em menos de duas horas. Eu planejava o percurso de antemão, e ia rapidamente de casa em casa, só com o objetivo de cobrar as prestações. Ao contrário de meu pai, eu não conversava com as "Marias", como minha mãe as chamava. Como recompensa, meu pai me deixou ir ao cine Marconi, na Rua Correia de Melo, uma segunda vez durante a semana, sozinho.

Íamos ao cinema sistematicamente no domingo de tarde quando passavam dois filmes, além de um seriado como *As aventuras de Flash Gordon* e muitos trailers. Outra atração eram as pipocas doces comprimidas em discos coloridos de rosa e superpostos. Às vezes acompanhávamos meus pais à noite ao cinema. Os filmes preferidos eram de Nelson Eddy e Jeanette MacDonald, que eu odiava. Algumas vezes a família toda ia ver filmes de Laurel e Hardy, o Gordo e o Magro, e tenho gravada na memória as gargalhadas sonoríssimas de meu pai. Minha mãe, para minha surpresa, não achava graça.

Mas a história da úlcera não acabou por aí: a dieta de nada adiantou, e meu pai resolveu operar. Naquele tempo, cirurgia era uma ameaça de morte. Fiquei muito angustiado, novamente fui escolhido para acompanhar meu pai ao hospital. A operação durou várias horas, o professor Montenegro cortou um grande pedaço do estômago com a úlcera bem no centro. Esse troféu foi fixado em formol, esticado e exposto por muitos anos em um vaso de vidro no dormitório de meus pais. Curiosamente,

XII. MÉDICOS, CURANDEIROS E RECEITAS DE FAMÍLIA

não me lembro de doença alguma de minha mãe durante minha infância...

Como já contei, meu pai era supersticioso. Quando doente, consultava curandeiros, e o recurso seguinte era a homeopatia. Lembro que fomos juntos consultar o doutor Murtinho Nobre, célebre homeopata. O consultório era no fim da Rua Boa Vista, e tinha duas salas de espera, a dos pagantes e a dos outros. Entramos, uns vintes pacientes não pagantes na sala de consulta, e o doutor Murtinho, sem perguntar nada, mas olhando fixamente para cada paciente, ditava a receita para a secretária. A receita de meu pai foi algo como Nux Muscada. De lá fomos para Praça João Mendes onde havia uma grande farmácia homeopática. As pilulazinhas, eu as experimentava, tinham gosto de açúcar e vinham num frasquinho cilíndrico, de vidro vermelho escuro e transparente que, quando vazio, servia para guardar nossos anzóis e os chumbinhos de pesca.

Israel e eu gostávamos muito de pescar. O equipamento, uma vara de bambu, linha, anzóis e chumbinhos, eram comprados no caminho que fazíamos a pé, Israel e eu, em direção ao nosso clube, na beira do Rio Tietê. Já trazíamos minhocas, capturadas no quintal de casa, junto aos canteiros de flores. Preferíamos minhocas gordas e suculentas, pois os pedaços eram fáceis de enfiar no anzol. As fininhas eram geralmente rejeitadas. Os sócios do Clube Tietê eram de classe média baixa. Do outro lado do rio, o Clube Espéria era mais seletivo e mais caro. Meus pais só nos deixavam sair para o clube rigorosamente duas horas depois do almoço. Isso porque também nadávamos, ou na piscina ou no rio, e meus pais estavam certos de que entrar na água enquanto a comida estava sendo digerida era um perigo mortal. Outra superstição alimentar – e que nos mataria instantaneamente – era comer manga e depois beber leite. No clube, enchíamos os bolsos de coquinhos maduros, amarelinhos, encontrados no chão debaixo dos coqueiros; havia muitos junto à entrada. Trocávamos de roupa no vestiário de meninos, onde fazíamos disfarçadamente a comparação dos pintos. Como Israel e eu éramos circuncidados, éramos objeto de gracinhas.

Na beira do rio, ficávamos horas pescando carás e lambaris. Os carás eram considerados burros e os lambaris inteligentes. Raramente fisgávamos bagres, que eram difíceis de tirar do anzol e temidos pelas agudíssimas espinhas junto à boca. Jogávamos os bagres no rio, não tinham escamas, não eram *kasher*. Uma vez pescamos mais de oitenta peixinhos, para a infelicidade de minha mãe: ela os limpava e preparava uma deliciosa fritada. O único peixe que comprávamos era, nos feriados judaicos, uma carpa viva e gorda. Era transformada por mamãe no meu odiado gefilte fish, e na gosmenta sultze, favoritos de meus pais. A carpa ficava nadando no banheiro, até a hora do sacrifício. E como era difícil matá-la! As escamas eram arrancadas raspando a pele com uma faca aguçada. O peixe se sacudia violentamente ainda vivo, as entranhas eram retiradas. A Mimi as recebia, gordurosas e sanguinolentas, e as deglutia num instante. O coração da carpa era colocado na pia, para o meu espanto, batia por muito tempo.

A refeição mais esperada era no domingo. Pato assado com batatas refogadas na gordura. Que gostoso! Vejo o quadro da família reunida na sala de jantar, o pato fumegante no centro da mesa, minha mãe com uma faca afiada separando com cuidado as porções que seriam distribuídas, meu pai tendo sempre o privilégio da primeira escolha, e minha mãe comendo os miúdos no fim. A pele do pato sequinha, mas ao mesmo tempo gordurosa (como é que pode?), bronzeada, escondendo uma carne tenra, úmida, salgadinha e com gosto de umas ervas que nunca soube identificar. E as batatinhas douradas durinhas

53

XII. MÉDICOS, CURANDEIROS E RECEITAS DE FAMÍLIA

por fora e derretendo por dentro! Essa é uma lembrança que se assemelha àquela do Proust e suas "madeleines".

Muito raramente saíamos para um restaurante. As nossas refeições eram monótonas, almoços quentes e jantares frios, nunca antecipados com prazer, era uma obrigação a cumprir: yoech, um caldo de galinha, bifes fritos de filet mignon, salada de alface e tomate, e raramente cocletales ou bolinhos fritos de carne moída. Somente bem mais tarde, depois da morte de meu pai, vi minha mãe consultar um livro de culinária. As receitas de bolos, escritas em folhas de papel engordurado, eram guardadas numa gaveta da cozinha. O bolo mais apreciado era o de coco ralado, embebido em gema de ovo e açúcar. Meus pais nunca estiveram num restaurante, e não lembro de ter comido em casa de meus tios, ou em casa de amigos. Eu devia ter uns dez anos quando meu tio Salomão nos levou pela primeira vez a uma cantina italiana, e eu me deliciei com uma fatia de melão espanhol de casca verde e rugosa. Até então, só havia comido mamão.

XIII. Tio Salomão

O TIO SALOMÃO era meu favorito. Alto, moreno, careca, mas os poucos cabelos bem negros, a barba sempre bem feita, vestia-se com elegância e esmaltava as unhas. Era jogador profissional, creio que de pôquer. Quando ganhava no jogo, trazia chocolates e certa vez nos trouxe uma garrafa de champanhe. Talvez tenha sido num desses dias felizes que ele nos levou à noite ao recém-inaugurado Estádio do Pacaembu, para assistir ao meu primeiro jogo de futebol profissional; creio que era o São Paulo contra o Corinthians. Foi lindo, o estádio iluminado na noite escura, os jogadores de uniformes coloridos, a torcida entusiasmada, e muitos gols. O jogo terminou 4 a 1, não sei quem ganhou.

O nome real dele era Shloime, não Salomão. Era solteirão. Até minha mãe tinha desistido de casá-lo. Um dia, quando o papa visitou São Paulo, a polícia prendeu preventivamente os "vagabundos". Para vergonha da família, vimos no jornal que Shloime N. – "vulgo Salomão" – tinha sido detido. Isso não me afetou, até que achei interessante. Salomão era o tio divertido, diferente, e estou certo que gostava de mim e do Israel. Era o único dos primos que conversava conosco como se fôssemos adultos e nos dava até conselhos sobre o assunto mais misterioso e que mais nos atraía: as meninas. Nos disse que tinha tido muitas namoradas, e algumas ligações sérias, "mas para que se

XIII. TIO SALOMÃO

comprometer?" "E o amor?", perguntamos. Aí ele se saiu com essa: "É verdade, é bom quando a mulher se apaixona por você, porque, então, até banho te dá". Banho, por quê? Que chatice! Nunca mais voltamos ao assunto.

Lembro só uma vez em que, incentivados pelo meu aventureiro tio Edmundo, fomos a uma leiteria na Rua São Bento. Edmundo era marido da tia Jeny, irmã de mamãe. No menu havia queijos e coalhadas, e foi isso que comemos, exceto que o tio Edmundo pediu um prato de frios. Ele simulou surpresa quando vieram as fatias de salame, presunto, peito de peru. Isso causou consternação, pois enquanto comíamos *milechik* ele comia carne, e ainda de porco. Eu fiquei bem quietinho, pois quando ia ao Ginásio do Estado, pecaminosamente eu devorava pastéis e sanduíches de presunto. Na Praça da Sé havia um pasteleiro chinês cujos pastéis de palmito eram divinos, e na Rua São Bento, depois do cruzamento com a Rua Direita, havia uma lojinha de sanduíches irresistíveis, pão fatiado cortado em quadradinhos, embebido em óleo de oliva (que eu nunca via em casa) e recheado de presunto, verdurinhas amargas cozidas, ou pedacinhos de queijo. A outra tentação ficava no caminho do Ginásio do Estado, na Ladeira Porto Geral, onde uma loja árabe vendia doces melados e um café muito diferente do que eu bebia em casa. A máquina de café parecia uma pequena locomotiva a vapor, um enorme cilindro metálico brilhante enfeitado com asas de cobre; e o café pingando devagarzinho nas xícaras...

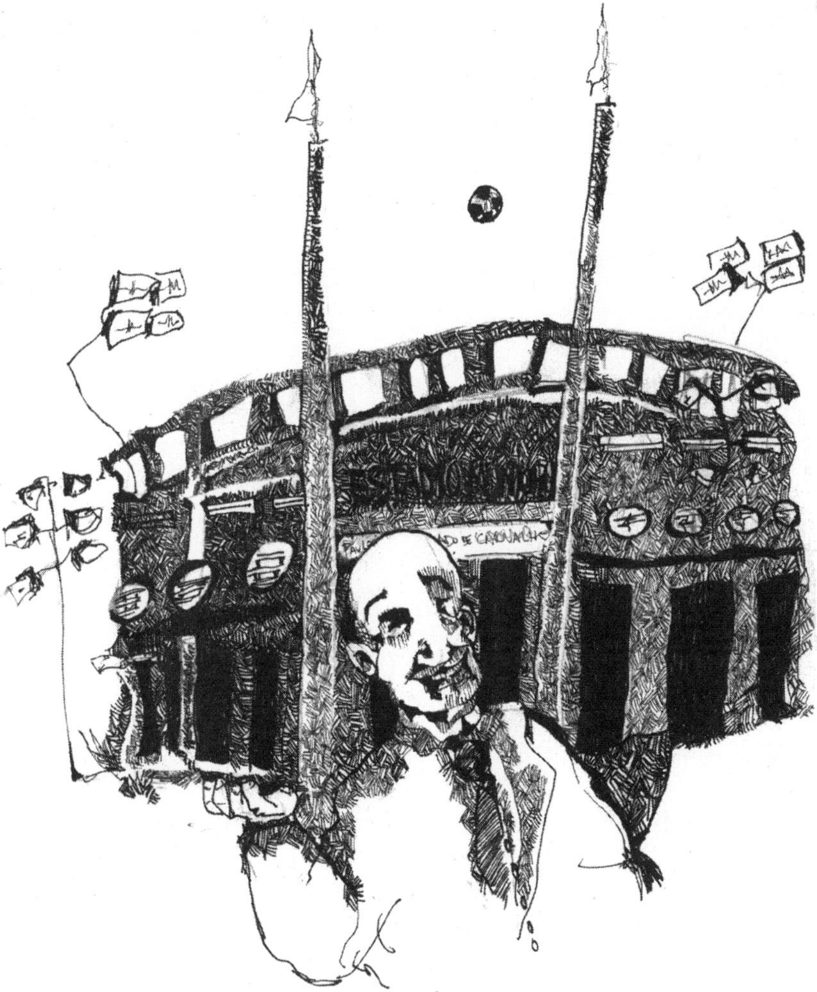

XIV. Recordações de escola

EU TINHA ONZE OU DOZE ANOS, tomava o bonde Santana na Avenida Tiradentes e descia no Largo de São Bento. Os bondes eram abertos, com exceção do bonde "camarão", assim chamado por ser avermelhado, e que ia para Santo Amaro, um subúrbio longínquo. Os bondes eram conduzidos por duas pessoas, geralmente imigrantes portugueses, um deles dirigindo e o outro cobrando as passagens. Após cada pagamento, o cobrador puxava uma alça de couro no alto de cada banco, produzindo um "blim, blim" metálico que era registrado num relógio defronte. Os garotos parodiavam, cantando "blim, blim, um para a Light e outro para mim"; e os passageiros pouco se importavam com ganhos ilícitos dos cobradores. A Light era uma companhia inglesa que também fornecia energia elétrica para São Paulo. Os bondes haviam sido adquiridos de uma companhia chamada Bond and Share, daí o nome "bonde". O motorneiro era temido porque tinha à sua disposição uma alavanca de ferro usada para deslocar trilhos e mudar o rumo do bonde e que também era usada em caso de conflito.

O ponto final do bonde Santana era defronte a uma catedral que estava em construção no Largo de São Bento. Daí eu ia a pé para o Ginásio do Estado, era só descer a Ladeira do Carmo e seguir à direita pelo parque D. Pedro II até o

Ginásio, uma das duas escolas de prestígio no país (a outra era o Colégio Rio Branco). O Ginásio do Estado havia sido criado no fim do século XIX; tinha autonomia econômica e seguia seus próprios programas educacionais. Os professores-docentes eram escolhidos por concurso público. Alguns conquistaram mais tarde cadeiras na Faculdade de Direito e outros ocuparam postos importantes no governo estadual e federal. Os alunos do ginásio eram também selecionados por concurso. O exame de ingresso consistia em provas de Português, Aritmética, Geografia e História do Brasil. Anualmente, mais de quinhentos candidatos concorriam para oitenta vagas.

Eu entrei no ginásio no princípio de 1939, aos onze anos de idade. Durante o verão anterior me preparei para o exame de admissão tomando aulas no cursinho do professor Rangel, na Rua Liberdade. Do ponto final do bonde Santana, eu subia a Rua São Bento, comia meu sanduichinho de verdura com azeite de oliva e tomava o bonde Vila Mariana ou Vila Clementino numa praça atrás da Catedral da Sé. O professor Rangel era gentilíssimo, de cabelos brancos e um bigode aparado, deslizava pela sala de aula sempre de chinelos. Ensinava, ou melhor, revia todas as matérias. Em Aritmética nós tínhamos de decifrar os "carroções" de um livrinho chamado *Seiscentas expressões fracionárias*. Os carroções consistiam em um conjunto de operações incluindo frações ordinárias e decimais. Eu gostava dos carroções, era um desafio chegar ao resultado correto, que conferia nas últimas páginas do livro. Os programas de Geografia e História do Brasil eram chatos, só decorar datas e fatos. Às vezes, ainda lembro das fronteiras do Brasil, "Tumucumaque, Acaraí, Paracaíma, Paribo" – devem ser montanhas e rios na fronteira com as Guianas, nunca tive a curiosidade de verificar. O pior da História do Brasil era decorar o que cada presidente fez de importante nos quatriênios de governo.

XIV. RECORDAÇÕES DE ESCOLA

Foi no cursinho do professor Rangel que eu me apaixonei pela primeira vez, por uma coleguinha de turma. Não lembro seu nome, magrinha, não falava nada, diariamente tomávamos juntos o bonde de volta para o centro da cidade. Nunca ousei revelar o que sentia, mas corajosamente paguei uma vez sua passagem. Eu vinha para o cursinho com quatro passes de bonde, dois para a ida e dois para a volta, e nessa ocasião tive de voltar a pé para casa. Meu gesto dramático não teve consequências.

A seleção para a entrada no Ginásio do Estado consistia em um exame escrito e um exame oral, que só posso classificar de kafkiano. Um a um, os meninos eram inquiridos em público por uma banca de três professores, sentados numa plataforma elevada. A seleção era rigorosamente por mérito. Os alunos que passavam nos exames eram divididos em três classes, de acordo com sua classificação nos exames vestibulares. Os melhores tinham o privilégio de estar na classe A – que reunia todas as meninas, em número insuficiente para preencher uma classe. A classe C incluía os alunos repetentes.

A disciplina era severa e controlada por um bedel, encarregado também de verificar a presença. Durante os exames, os bedéis passeavam pela sala impedindo conversas e que os meninos "colassem". As aulas duravam 55 minutos e havia professores para cada disciplina. Em Matemática, as aulas do professor Gomide eram incompreensíveis para a maioria. Gomide era um verdadeiro profissional; enchia a lousa de cálculos e demonstrações de teoremas, e parecia sempre muito animado. Não usava apagador: usava freneticamente a manga do paletó. Era obviamente um professor sério, mas avançado demais para ensinar meninos de onze anos. Lembro que começou o curso de Aritmética com os postulados de Peano – o que seria adequado para o curso colegial.

60

O professor de Português, Francisco Oscar Penteado Stevenson, foi mais tarde ministro de Estado. Suas aulas eram interessantes, enfatizava a necessidade de escrever com clareza. Lembro uma das regras que repetia com frequência: "Cada pensamento uma sentença, cada sentença ponto". Numa das aulas nos perguntou qual era a diferença entre "minha esposa" e "minha mulher". Isso causou certa comoção numa classe em que predominavam meninas...

XV. Punido por uma vírgula

No PRIMEIRO EXAME de português tive nota 25; como castigo, tive de ler minha composição para a classe e ouvir a crítica impiedosa que se seguiu. A nota baixíssima apareceu no boletim que meus pais receberam. Foi então que minha mãe disse que eu era a "ovelha negra da família" e que meu destino era ser lixeiro. Ainda hoje lembro minha humilhação e insegurança que me causou. Disse à minha mãe que eu preferia uma surra a um espancamento mental... Depois de alguns meses, num segundo exame de português, fiquei espantado quando soube que a nota era cem. O assunto da minha composição foi a descrição de um encontro com uma possível namorada, da qual me afastei porque ela usava frequentemente palavras de gíria; o exemplo que eu dei foi ela ter dito que havia gostado "pra burro" de um filme. Bateram palmas quando li em classe minha composição. A história de um namoro, qualquer que tenha sido o desfecho, fez sucesso com as meninas. Minha vontade de contar à minha mãe da minha nota cem, e desmentir o prognóstico de lixeiro, foi tamanha que inventei dores de cabeça para ser dispensado.

Pouco tempo depois, o professor Stevenson me convidou, com um grupo selecionado de alunos, para ir à sua casa em Santo Amaro. Durante a manhã ficamos brincando no jardim de um palacete que eu achei suntuoso, mas para minha enorme decepção, eu fui excluído do almoço. Percebi então que os escolhidos pertenciam a uma casta especial, a "nobreza" paulistana.

O diretor do Ginásio do Estado era o temido professor Damy. Vestia-se de preto, inclusive a gravata, que contrastava com a camisa branca. O apelido dele era o "urubu", muito bem dado. Alto, magro, óculos de aro grosso, Damy intimidava os garotos, e creio que também os professores. Só tive contato pessoal com ele uma única vez, e resultou em minha suspensão de frequentar as aulas por três dias.

A desgraça aconteceu na aula de Português. O professor Stevenson havia feito um ditado à classe; recolheu a papelada e, imagino que por preguiça, transferiu a tarefa de correção para nós. E em vez de verificarmos nossos erros, devíamos assinalar os erros dos colegas com um lápis vermelho. O bedel de nossa classe era o senhor Gregório, um homem corpulento de cabelos inteiramente brancos, que ficou passeando entre os bancos da classe para nos fiscalizar. Eu o considerava amigo, incapaz de qualquer maldade. Resolvi com meu lápis preto inserir uma vírgula ausente... A mão do Gregório baixou sobre a minha assustadoramente. Fui levado à presença do doutor Damy, não na diretoria, mas no corredor de entrada do ginásio, onde ele andava de um lado para outro com as mãos cruzadas atrás do paletó negro. Eu o seguia, tentando me explicar, meu coração aos pulos, e imaginando a reação de minha mãe se eu fosse punido. Ainda tenho gravada a imagem de um menino de calça curta andando atrás do sinistro e temido diretor. Eu gaguejei, "Mas professor, foi somente uma vírgula!". A resposta imediata e inesperada foi: "Menino, por causa de uma vírgula se cai no abismo, por causa de um tiro se morre!". Em casa, meus pais me apoiaram, não sei por quê, eu esperava o pior. Minha mãe

XV. PUNIDO POR UMA VÍRGULA

apelou, mas o professor Damy não cedeu. Foi essa a minha única punição disciplinar durante os quatro anos de ginásio.

Eu sempre estive em classes mistas. O número de meninos na classe A variava, mas nunca eram mais de dez entre cerca de trinta meninas. Elas também eram classificadas de acordo com as notas que obtinham. As mais estudiosas ficavam nos bancos da frente – de modo que as nossas vizinhas não eram boas alunas. E nem bem comportadas: adoravam trocar confidências em bilhetes dobradinhos, que eram lançados a distância. Um deles aterrissou no meu banco. Era assinado por Jaqueline e tinha uma referência em versos aos seus nascentes peitinhos. Jaqueline era ruiva com cara sardenta e tinha lindos olhos verdes. Não me pareceu embaraçada. Morava no Bom Retiro, e desde então a acompanhei várias vezes na saída do ginásio. Sem consequências também, só a esperança.

Descobri a biblioteca infantil da Rua Major Sertório em 1941, aos treze anos. Alguém deve ter recomendado, talvez no Ginásio do Estado, onde eu cursava o terceiro ano. A casa era muito simples, uma residência particular de quartos amplos e tetos altos, cercada de um jardim com árvores imensas, daquelas que eram chamadas "centenárias". Era a ex-residência de um senador, Rodolfo Miranda. Os livros estavam expostos em somente duas salas. Eu não usava muito a sala de leitura: preferia levar os livros para casa e ler na cama, comendo os grãos de uma espiga de milho, um a um. A diretora, Lenira de Camargo Fracaroli, era onipresente, conhecia todos os garotos, os chamava pelo nome. Era uma mulher de meia idade, morena de olhos negros. Eu a achava linda. Essa impressão evaporou dois anos depois, quando transformei de um dia para outro dona Lenira de fada em bruxa.

Foi quando começamos a frequentar juntos a Biblioteca Infantil que meu irmão Moyses e eu nos tornamos inseparáveis.

Moyses era considerado o geniozinho da família. Entre quatro e cinco anos aprendeu a ler e escrever quase sozinho, um pouco ajudado por mim. Tinha uma memória espantosa. Decorava nos jornais todos os programas de cinema, horários e elenco. A precocidade de Moyses era exibida quase todos os dias para os fregueses de meu pai. Eu não tinha o menor ciúme, também me orgulhava dele.

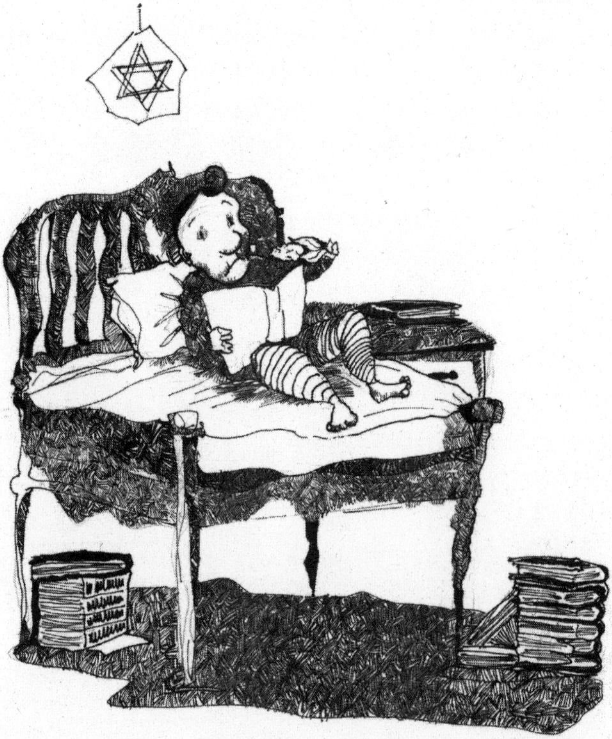

XVI. De diretor de jornalzinho a escritor aspirante

NÃO CREIO que a variedade de livros foi o que nos tornou assíduos frequentadores da biblioteca, nossa atração maior foi *A voz da infância*, um jornalzinho mimeografado. O Moyses, que tinha nove anos e gostava de desenhar, submeteu uma caricatura do Groucho Marx e ficou muito orgulhoso quando foi publicada. No entanto, achamos que a maioria das contribuições dos garotos não eram originais. O que se destacava em *A voz da infância* era uma história em quadrinhos excepcionalmente bem desenhada por um menino franzino e moreno, Hamilton de Souza. Convenci dona Lenira que eu poderia transformar radicalmente *A voz da infância* se ela me desse inteira liberdade editorial. Fui nomeado diretor em julho de 1944, substituindo o Hamilton de Souza. Minha primeira iniciativa foi estabelecer que eu e Moyses decidiríamos o que seria aceito e que os motivos de rejeição seriam publicados numa nova seção do jornal, que chamamos de "Crítica". Nossas críticas eram às vezes cruéis. Para um colaborador que havia copiado uma historieta de *Sei ler*, um livro escolar muito conhecido, contamos o caso de um rei da França que havia enviado um artigo para um jornal e que recebeu a seguinte resposta: "Se

XVI. DE DIRETOR DE JORNALZINHO A ESCRITOR ASPIRANTE

esta obra foi escrita pelo Rei, está acima de qualquer crítica, e se não foi está abaixo de qualquer crítica".

Nessa época, minha ambição era virar escritor. Alguns anos antes, com um ou dois amigos da vizinhança, planejamos criar um jornalzinho infantil. Chegamos a fazer um esquema do conteúdo: uma mistura de histórias em quadrinhos, contos e piadas. Histórias eu inventava com facilidade, mas os desenhos eram todos colados do *Suplemento juvenil*. Os outros redatores eram também pouco dotados artisticamente, e o jornalzinho gorou antes do primeiro exemplar. Tentei então com Moyses escrever um conto, certamente influenciados por Maupassant, cujo livro de contos havia sido traduzido na época. Muitas das histórias de Maupassant eram de amor, e essas eu as lia e relia. Além do Maupassant, minha mãe havia comprado um exemplar de *Naná*, de Émile Zola, mas este – que ela devia achar escandaloso – foi escondido entre as roupas no dormitório, numa gaveta trancada à chave. Faz alguns meses encontrei *Naná* numa livraria de Nova Iorque. Achei chatíssimo.

O conto que escrevemos era intitulado "O fio da vida". Além do amor, minha outra preocupação era a morte. "O fio da vida" contava a história de um explorador que havia desencavado uma pedra de um túmulo egípcio contando que a vida e a morte eram governadas por um finíssimo fio, suspenso dentro de um cubo de vidro oculto num deserto no norte da África. O fio balançava continuamente, movimentos pendulares, e quando parava alguém morria. Depois de uma viagem movimentada, e de sobrepujar enormes dificuldades, o explorador – que estava morrendo de sede e se arrastando no deserto – encontra o cubo com o fio da vida. No momento exato em que ia cortá-lo, parou. Imitando o Maupassant, Moyses e eu adorávamos finais inesperados. Conseguimos bater o conto à máquina – levou um bocado de tempo – e mandamos para uma nova revista de contos de autores brasileiros chamada *Contos magazine*, editada pela mesma empresa que publicava as histórias em quadrinhos. Nossa emoção era grande toda vez que olhávamos o índice da revista comprada mensalmente nas bancas de jornais. A *Contos magazine* faliu depois de poucos meses.

XVII. Mandracke, Dick Tracy e outros heróis

LOGO DEPOIS QUE MOYSES e eu nos matriculamos na biblioteca, antes de eu me tornar diretor de *A voz da infância*, resolvemos escrever um livro em colaboração e publicá-lo em capítulos no jornalzinho. A inspiração foi óbvia, direta do Monteiro Lobato. O título era *Uma viagem através da arte*. Os personagens iniciais eram os meninos Pedro e Lucia, que haviam sido recriminados na escola por nada saberem sobre os tipos de colunas gregas. O menino negro Bingo e o papagaio Chico Poliglota, que falava todas as línguas, foram introduzidos na história mais tarde. Pedro e Lucia foram visitados pela Dona Arte – que resolveu completar a educação dos meninos e transportá-los através de países onde a "arte" havia se desenvolvido. Usando um líquido mágico, foram transportados para a Pré-história, onde se encontraram com os cro-magnons artistas, para o Egito, Grécia, Peru e, finalmente, para o Brasil. Em cada país, além das "lições" de arte, nossos heróis conseguiram se meter em muitas encrencas. Influenciados pelos livros de aventuras que nós líamos, a maioria dos capítulos terminava com os viajantes em perigo de vida. *Uma viagem através da arte* foi publicada mensalmente, de dezembro de 1942 a maio de 1945.

Uma das minhas iniciativas na biblioteca foi organizar um concerto de música clássica nas tardes de quinta-feira, num dos salões de leitura. Eu frequentava uma discoteca pública junto ao Teatro Municipal – onde eu passava horas nas cabines acusticamente isoladas ouvindo música clássica. Em casa não havia toca-discos, só um radiozinho, e a única estação que transmitia alguma música clássica era a rádio Gazeta... Eu conseguia emprestado da discoteca alguns discos "mais fáceis" e os transportava para a Rua Major Sertório. Os meninos aguardavam a minha chegada supervisionados por dona Lenira. A audição durava cerca de meia hora e era precedida por alguns minutos de explicação. Um programa foi a 6ª Sinfonia de Beethoven, fácil de explicar, outro as Quatro estações, de Vivaldi. Os programas de música não duraram muito, os garotos achavam chato.

Um dia dona Lenira anunciou que Monteiro Lobato iria visitar a biblioteca durante a manhã. Eu antecipei por semanas a alegria que teria de vê-lo por perto, e imaginava poder lhe mostrar *Uma viagem através da arte*. Não vi quando ele chegou, mas ao entrar na diretoria lá estava ele conversando com dona Lenira e com o Hamilton de Souza, suas histórias em quadrinhos bem visíveis nas mãos do Monteiro Lobato. Corri para casa humilhado, deitei na cama e fiquei por horas remoendo a desgraça. Seria antissemitismo? A dor não passava. Resolvi tomar uma atitude dramática, reunir a diretoria de *A voz da infância* e pedir demissão.

Diretoria de fato não havia, eu havia convidado duas meninas para serem redatoras. No dia seguinte as encontrei no Jardim da Luz... Atravessamos o jardim discutindo calorosamente, eu tratando de convencê-las de que a diretoria do jornal havia sido desprestigiada. Acabaram me apoiando. Voltamos à biblioteca, e pedimos que dona Lenira viesse ao salão de leitura que estava

71

XVII. MANDRACKE, DICK TRACY E OUTRO HERÓIS

vazio. Muito formalmente lhe disse que estava insatisfeito com o apoio que dava ao jornalzinho, e entreguei o papel com a demissão conjunta da diretoria. Não esperei resposta. Dona Lenira parecia estarrecida. Saí imediatamente para a rua me sentindo vitorioso. Anos depois, Moyses e eu recebemos um telefonema da biblioteca. A viagem através da arte havia sido premiada como a melhor história publicada em A voz da infância. Quando viemos à biblioteca, não encontramos Dona Lenira.

Nas férias de verão, por exatamente três semanas, nós fomos várias vezes a Poços de Caldas. Excepcionalmente, talvez em um ano de crise econômica, meu pai alugou uma casa muito primitiva em Tremembé, que naquele tempo era o fim da zona urbana de São Paulo. E é dessas férias que guardo as recordações mais felizes. A casa ficava bem além do ponto final do ônibus, no final de uma rua esburacada e muitas vezes lamacenta, margeada de um lado pela Estrada de Ferro da Cantareira. Cedinho corríamos, Israel e eu, para junto da estrada e aguardávamos a chegada do trem que vinha em direção à cidade. Nesse trecho, muito próximo à estação Tremembé, o trem diminuía a velocidade, que nunca era muito alta. O trem era movido a carvão, a fumaceira era cheirosa e os apitos agudos. Um jornaleiro, espichado na escadinha de um dos vagões, descia do trem em movimento assim que nos via. Admirávamos a acrobacia, pois carregava um volume imenso de jornais pendurados numa correia de couro afivelada na cintura. Comprávamos o *Suplemento juvenil* e o *Globo juvenil* – em cuja página central saía a cores a história do Príncipe Valente. Corríamos de volta para casa, onde eu competia com Israel para ser o primeiro a ler a continuação das histórias do Mandrake, Dick Tracy, Lil Abner, Mutt e Jeff e outras.

No fim da tarde, fazíamos um percurso mais longo até o ponto final do ônibus, desta vez para esperar meu pai. O ônibus vinha lotado da Avenida Tiradentes, onde meu pai, no fim do dia de trabalho, embarcava carregado de frutas e verduras compradas na feira do Bom Retiro, e de carne *kasher* de um açougueiro da Rua Três Rios. Muito poucos passageiros desciam no fim da linha, e ficávamos ansiosos quando não víamos o papai. Somente muito mais tarde me dei conta da sua imensa generosidade, e do esforço que fazia para nos proporcionar férias gostosas. Em casa, o jantar quentinho já estava preparado. A sobremesa era enriquecida de amoras que colhíamos no quintal e nos terrenos baldios vizinhos.

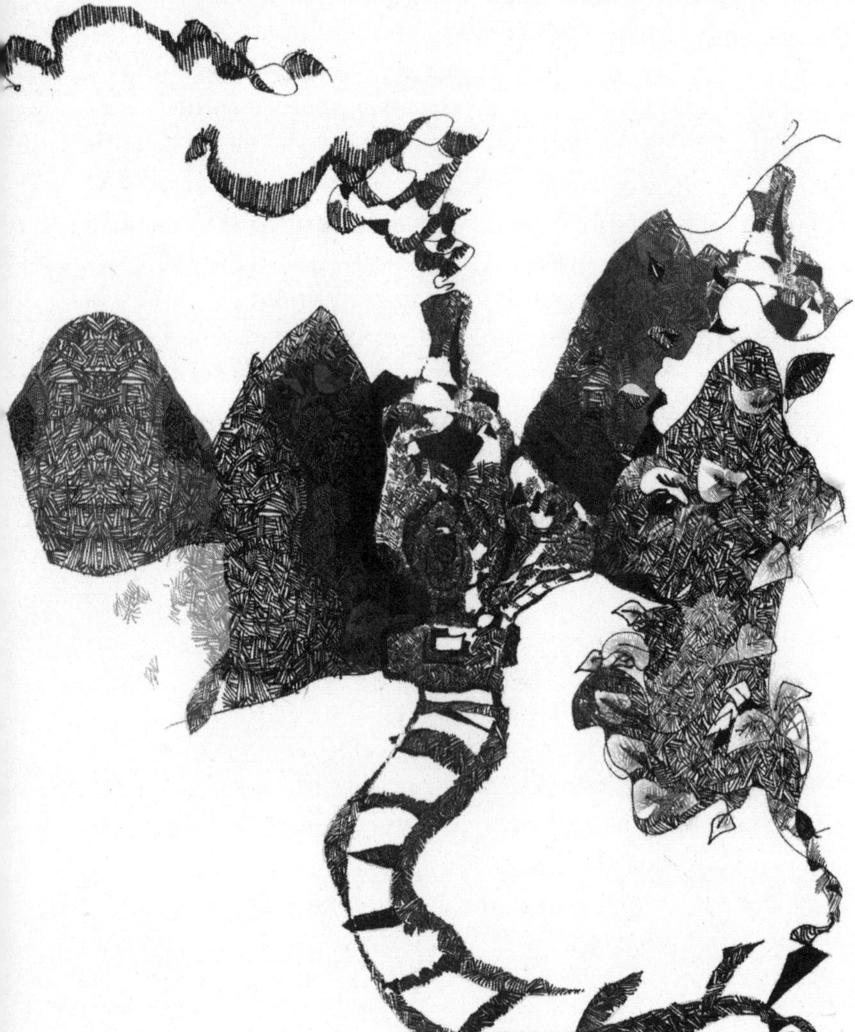

XVIII. A coleção de selos de tio Edmundo

A ÚNICA PRIVADA era no quintal junto à casa. A porta não tinha fechadura e, como era comum entre os judeus pobres, não havia papel higiênico, somente pedaços de jornal fincados num prego numa das paredes. Bem mais tarde vi pela primeira vez um rolo de papel higiênico amarelado na casa de um amigo. Experimentei, e achei as folhas ásperas, inamistosas. A privada da casa de campo eu achava ótima, uma quartinho arejado, não havia baratas, e o acesso ao ar livre – uma vantagem óbvia sobre a da Rua Prates. Um dia entrei pela porta adentro sem bater e encontrei minha mãe no assento com a calcinha ensanguentada. Saí apavorado, não entendi, algo de misterioso havia acontecido. Encontrei depois minha mãe muito tranquila na cozinha, não deu explicações, e eu não tive coragem de perguntar.

Minha atração para o mistério da anatomia feminina foi precoce. Já no curso primário, eu folheava as revistas de moda na casa de minha tia Jeny à procura dos desenhos de roupas íntimas. Minha tia, irmã de minha mãe, morava na Rua da Graça, a vários quarteirões de casa, próximo ao centro de comércio da Rua José Paulino. Tia Jeny era costureira, não dona de casa como a maioria das esposas dos judeus do Bom Retiro. Isso,

XVIII. A COLEÇÃO DE SELOS DE TIO EDMUNDO

de acordo com minha mãe, era por necessidade e não escolha, uma vez que o marido – tio Edmundo – era um irresponsável. Tia Jeny me recebia sempre com carinhos, mas os seus beijos úmidos eu procurava evitar. Eu achava estranho a enorme bola que tinha no pescoço, um tumor benigno da tiroide que ela não quis remover cirurgicamente. Minha mãe tinha profundo respeito pela irmã, e a considerava uma mártir que trabalhava "dia e noite" para manter a família.

Tio Edmundo, magro, ruivo de olhos azuis bem claros, era diferente de todos os meus outros parentes. Não falava ídiche, só polonês. O boato era que se encontrou com tia Jeny através de um anúncio de jornal, e que talvez não fosse judeu, apesar do sobrenome ser Heimberg. A filha única, Débora, era vários anos mais jovem do que eu e se parecia com o pai. Tio Edmundo foi durante algum tempo clientelchik, como meu pai, mas isso durou pouco. Não sei detalhes, mas foi acusado por meu pai de romancear as clientes. Uma de suas iniciativas comerciais mais ambiciosas foi fabricar jogos de chá, com dinheiro fornecido pela tia Jeny. Foi um desastre, não conseguiu vender um jogo sequer. Isso porque as xícaras tinham bordas metálicas que ficavam extremamente quentes em contato com o chá. O fato foi assunto constante de galhofas na família, pois meus pais tinham profunda antipatia por ele.

Tio Edmundo sumia muitas vezes de casa, seu paradeiro era desconhecido. Durante a guerra, passou vários anos em Santa Catarina, e meus pais acreditavam que ele era espião nazista. Eu gostava dele e me encantava com a coleção de selos que ele não se cansava de me mostrar, apontando os mais valiosos com orgulho. Para meu espanto, eram selos minúsculos, feiosos e não os selos maiores e mais coloridos. Foi com alegria que Israel e eu recebemos do tio um enorme envelope de papel de seda cheio de selos e um álbum para começar nossa coleção.

XIX. Vovó Hudessa, Guta e outros tipos

CREIO QUE O ANTAGONISMO contra tio Edmundo se agravou em 1937 quando minha avó materna Hudessa veio da Polônia e se alojou na casa da sua filha mais jovem, a tia Jeny. Ela realmente odiava o genro, que se queixou uma vez para mim que Hudessa o impedia de dormir com a tia Jeny. Vovó Hudessa era baixinha e gorda, os óculos muito grossos e como todas as judias religiosas casadas, tinha um sheitl, uma cabeleira postiça que muitas vezes se deslocava para um dos lados da sua cabeça onde restavam muito poucos e longos cabelos brancos. Vovó desembarcou no porto de Santos e todos nós fomos recebê-la. De presente trouxe para meus pais um cordel de cogumelos secos que ficaram pendurados na cozinha ao lado da gaiola do Louro. Eu odiava o cheiro penetrante e estranho. Para o Israel, seu neto mais velho, vovó deu uma caixinha de madrepérola. Israel me impediu de ver o conteúdo, e eu a batizei de "caixinha misteriosa". Imagino que vovó não havia trazido presentes para os outros netos, e que tenha pedido segredo ao Israel. Após muitos meses de conflito – e com a ajuda de mamãe Regina – descobrimos o esconderijo da tal da caixinha; verificamos que continha instrumentos de manicure, tesourinha, pinça e lima de unhas. Que decepção!

XIX. VOVÓ HUDESSA, GUTA E OUTROS TIPOS

As clientes de tia Jeny eram recebidas numa sala bem junto à porta de entrada, onde também estavam meus figurinos preferidos. Minha tia não suspeitava a razão do meu interesse por moda. Na sala de jantar, cinco ou seis moças ficavam tagarelando e costurando em torno de uma longa mesa. Uma delas, Josefina, uma morena alta e esbelta, eu achava linda. Era também a favorita de tia Jeny. Eu era muito mimado, me davam beijocas. Não estranhavam quando eu ficava muito tempo debaixo da mesa dizendo que procurava alfinetes, e não desconfiavam do meu real interesse – que era em vislumbrar o mistério que havia além das pernas.

Como disse, em casa só se comia *kasher*, e a comida era de shtetl poloneses. A primeira vez que comi maionese, fiquei encantado. Isso aconteceu quando nós encontramos pela primeira vez a família da noiva de meu primo Henrique. Mas essa é uma história complicada, que começa quando um sargento da Força Pública de São Paulo saiu à noitinha da casa de uma prostituta, matando a esmo os transeuntes a tiros de espingarda. A "zona", como era chamada a região de baixa prostituição, se concentrava em duas ou três ruelas junto à Rua José Paulino, que era o centro do comércio judaico. Diziam meus pais que o governador de São Paulo, Ademar de Barros, era antissemita e colocou a "zona" no Bom Retiro para que os judeus se fossem do bairro e para que então pudesse implementar seus planos de urbanização. No dia seguinte ao massacre, os jornais comentaram que o soldado saiu da zona expulso de um prostíbulo e que estava bêbado. Ele desceu atirando pela Rua Prates, passou em frente de nossa casa, e no quarteirão seguinte atirou através de uma porta entreaberta e matou o marido da Guta, uma judia nossa conhecida. Foi a última vítima.

Guta não frequentava nossa casa, mas era assunto constante de conversa. Era conhecida como comunista de ideias "imorais". Minha mãe dizia que "ela não se comportava como judia, era como se fosse gói, se divertia com jovens solteiros enquanto o marido trabalhava". Os "jovens" eram meus primos Henrique, que morava conosco, e David, ambos com cerca de trinta anos. Essa antipatia se agravou durante o enterro do marido. Guta, que não era religiosa, impediu que o cadáver fosse enterrado embrulhado no seu manto de orações, o tales, e gritou em ídiche que o tales era desnecessário, pois o marido não iria se resfriar. Foi um escândalo na comunidade. Ouvi essa sentença repetida vezes por minha mãe. Horror ainda maior foi quando poucos meses depois, Guta não manteve o luto obrigatório e voltou a sair com os "inocentes jovens" Henrique e David, que estavam apaixonados por ela. O Henrique estava desesperado, acreditava que Guta preferia o David. Os sinais de desespero que presenciei eram os banhos bem quentes e calmantes que tomava todos os dias, e as longas conversas com minha mãe, sua confidente. Quando conversavam, eu me aproximava, e não perdia uma palavra sequer daquela história de amor não correspondido. Pouco tempo depois, soubemos que Guta havia se casado secretamente com David. Não na sinagoga, mas, ao que diziam, num cartório fora de São Paulo.

Henrique frequentava um clube judaico de esquerda no Bom Retiro e ajudava a encenar peças de teatro. Ele era um dos atores, e os ensaios eram em casa, para nossa diversão. Depois que Guta casou, o Henrique – que era sempre muito alegre – murchou. Mamãe resolveu então assumir o papel de *shatche*, arranjadora de casamentos, e o seu alvo foi o inconsolável Henrique. Não sei de detalhes, mas em pouco tempo mamãe conseguiu uma interessada. Era Bruna, filha de comerciantes judeus prósperos que tinham uma fábrica no Bom Retiro e uma loja a varejo no alto da Rua Prates, junto à José Paulino. O namoro do Henrique era assunto de conversa diária. Soubemos com detalhe o que sucedeu no primeiro encontro entre os namorados, num fim de tarde na loja e na presença dos pais de Bruna...

Tudo correu "bem" até o momento em que iam fechar a loja. Henrique, nervoso, não teve a presença de espírito de ajudar a Bruna a baixar e aferrolhar a pesada porta de metal, e os pais da Bruna o censuraram. Henrique chegou em casa lívido, certo de que tudo tinha ido por água abaixo. Nada disso: foi convidado no dia seguinte para uma nova visita e dessa vez mais formal, com toda a nossa família, e na casa dos pais da futura noiva e já provável esposa. Meus pais estavam ansiosos por conhecer os macheteinem. Eu fiquei deslumbrado com o luxo do apartamento. Era muito diferente da nossa casa. Na sala de visitas havia poltronas estofadas, não cadeiras. E a mesa da sala de jantar estava coberta de pratos com comidas estranhas, inclusive a inesquecível salada de batata coberta de um creme untuoso, a cor de gema de ovo, um gosto delicioso que eu nunca havia provado... era a maionese! Meses depois, o Henrique se casou e mudou de nossa casa.

Eu odiava ir ao barbeiro. Havia um na Rua Guarani, italiano e careca, fã de Mussolini, cujo retrato de boina e uniforme de soldado eu tinha de contemplar enquanto ele aparava meus longos cabelos loiros de menina. Isso era imposição de minha mãe, que me proibia cortá-los. Não sei por quê, talvez tenha se decepcionado quando nasci, esperava uma menina. Ou então deixar o cabelo comprido era mais uma de suas superstições que já vinham da Polônia, como a de cortar minhas unhas alternadamente, recolhê-las uma a uma onde quer que caíssem, e depois queimá-las. A história dos meus cabelos longos se prolongou até os meus seis anos – quando finalmente mamãe consentiu que eu os cortasse. A minha revolta foi dupla. Não fui ao barbeiro italiano, mas caminhei triunfante pela Rua Três

Rios até um barbeiro junto à Rua da Graça que me transformou finalmente em menino.

Uma das atrações junto à minha casa da Rua Prates era o sapateiro, que ficava numa minúscula lojinha escura no porão de uma casa. Nunca o vi de pé. Ficava sempre sentado num banquinho, e eu me agachava próximo aos seus instrumentos: uma faquinha curva muito afiada, vários martelos e escovas. O que me fascinava era um monte de preguinhos que tinha na boca. Os preguinhos nasciam, um por um, de seus lábios, e com um ritmo preciso os transportava para a sola do sapato que mantinha entre os joelhos e os fazia desaparecer com uma única e certeira martelada. Usava uma agulha curva muito grossa para costurar os couros e a faquinha para tirar o excesso de sola, tira por tira – que jogava sistematicamente de um lado. Examinava então o sapato de ponta a ponta e, se estivesse satisfeito com o que via, era a hora de engraxá-lo. E dizia para mim: "couro também tem fome, não se esqueça de alimentá-lo todas as semanas".

A loja do sapateiro ficava perto da Rua Guarani, a menos de um quarteirão de casa. O trecho entre a Rua Prates e a Guarani era uma subida relativamente suave, revestida de paralelepípedos de pedra. Com frequência eram removidos para se ter acesso aos encanamentos enterrados, e esse era também um espetáculo que eu apreciava.

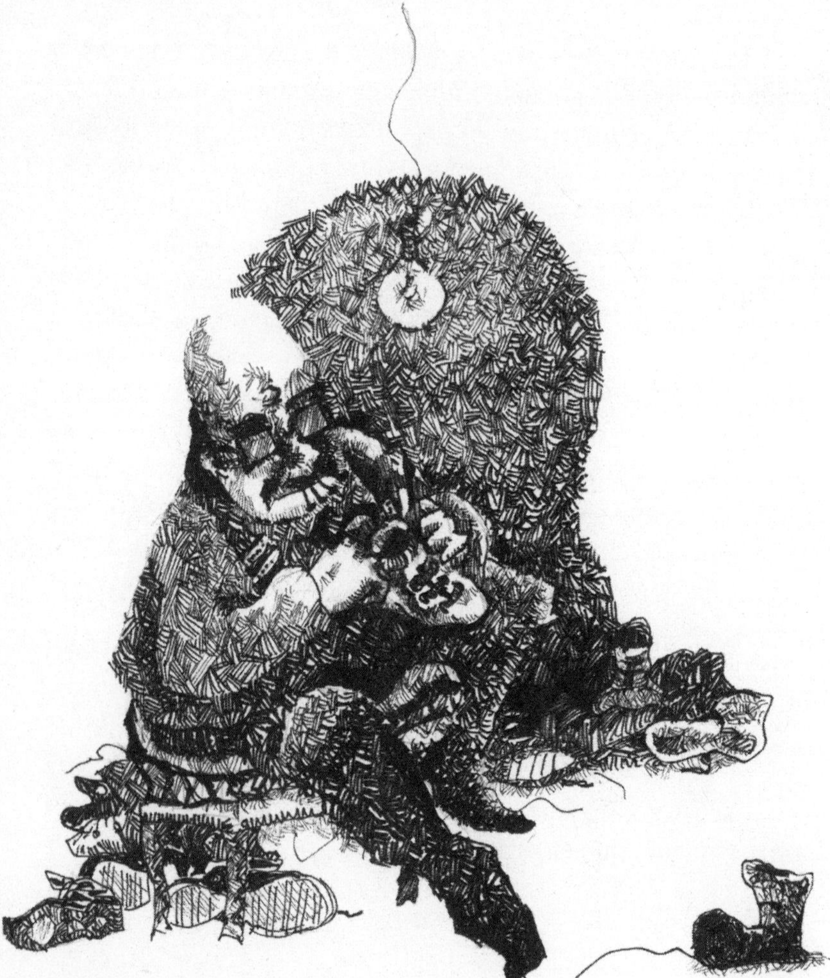

XX. Adolescentes em Santos

EM MEADOS DOS ANOS 1940, o Brasil entrou na guerra contra a Alemanha e a Itália, ao lado dos Estados Unidos, e havia racionamento de gasolina. Muitos automóveis eram movidos a gasogênio, que era transportado na traseira dos carros em dois cilindros enormes. Com os garotos da vizinhança, ficávamos à espera de que esses carros encrencassem na subida. Isso era frequente, e nosso prazer era ver a cara irritada dos motoristas, e ouvir os palavrões, alguns dos quais não conhecíamos. Desse período, as recordações são do pão amarelo e duro que eu odiava, das filas para comprar comida, do Repórter Esso, que dava as últimas notícias ao meio-dia. Meus pais ficavam grudados no rádio, preocupadíssimos com os avanços do exército alemão e com o destino dos parentes próximos. A guerra não me preocupava, mas fiquei horrorizado quando um dia os jornais anunciaram que mais de mil pessoas haviam morrido em um bombardeio em Londres.

Quando estava nos últimos anos do ginásio, já beirando os quinze anos, fiquei preocupado com a possibilidade de ser impotente e estéril. Enquanto meus colegas de classe se ufanavam de suas aventuras e conquistas amorosas, eu me limitava a me estimular manualmente enquanto admirava fotos de mulheres seminuas nas praias ou as modelos de roupas

XX. ADOLESCENTES EM SANTOS

íntimas que eu retirava das revistas de moda na sala de espera da minha tia costureira, Jeny. Foi durante uma viagem para Santos com meu irmão Israel, com a ajuda de Jesus e de uma menina desconhecida (que somente vi por poucos minutos) que me tornei oficialmente adolescente.

Israel e eu íamos às vezes sozinhos de trem para Santos passar um fim de semana na praia. A estrada de ferro havia sido construída com enormes dificuldades, no fim do século XIX, para facilitar o transporte de produtos do interior de São Paulo para o porto de Santos. Com a ajuda de engenheiros ingleses foram construídas imensas pontes, muitos túneis através de rochedos e imensas paredes de alvenaria para prevenir desabamentos. Mas o que meus pais mais comentavam era que os trens eram mantidos e puxados a cabos movidos por imensos motores instalados em vários trechos da estrada. A viagem durava várias horas e a paisagem variava continuamente: florestas, túneis, pontes, longos trechos de neblina, nuvens fofas branquinhas acumuladas nos vales.

Um incidente na primeira dessas viagens, quando eu tinha cerca de dez anos, me convenceu da existência do subconsciente apregoado por um tal de Freud – de quem eu ouvira falar por um de meus professores do ginásio. Israel e eu dormíamos em uma pensão barata numa travessa da praia do Gonzaga. Decidimos voltar para São Paulo num trem que partia muito cedo. Não tínhamos despertador e era necessário acordar às seis da manhã; eu acordei precisamente nessa hora.

A viagem mais memorável foi anos depois, o Israel já no primeiro ano da Faculdade de Medicina e eu terminando o ginásio. Ficamos hospedados na mesma pensão. À noitinha saímos para a avenida que beira a praia, onde ao anoitecer desfilavam lentamente grupos de meninas pelo centro da calçada.

Os rapazes ficavam parados dos dois lados, trocando olhares e comentários maliciosos. No domingo, ao voltarmos à nossa pensão, havia um baileco na sala de jantar. Os discos que eram escolhidos eram quase todos de músicas do carnaval passado, ou foxtrotes lentos – que eu preferia por permitirem um roçar próximo de corpos. Na verdade eu não gostava de dançar, eu imaginava poder talvez transformar o abraço vertical em horizontal, o que nunca ocorria. As meninas, sentadas em torno da sala, eram na maioria mais velhas do que eu, que ainda vestia as calças curtas que definiam meninos impúberes.

Nessa noite criei coragem e convidei uma das meninas a dançar um lentíssimo foxtrote. Da menina, só lembro do vestidinho curto de fazenda sedosa. Fiquei surpreso quando a abracei e não me repeliu, mas ao mesmo tempo apavorado ao perceber o inevitável, uma saliência bem visível na parte da frente de minhas calças. Muito envergonhado, e tentando encolher aquela demonstração de pensamentos pecaminosos, fixei o olhar num enorme retrato de Jesus Cristo junto à porta de entrada da sala de jantar. Acredito que Jesus ajudou, mas não como eu esperava. A menina, que certamente havia percebido a razão de meu embaraço, em vez de se afastar, se aconchegou ao motivo de minha vergonha. Daí em diante tudo sucedeu muito rapidamente, e aconteceu aquilo que eu tanto almejava. Foi uma sensação tão nova, tão intensa, que eu perdi o equilíbrio. Não cheguei a cair, mas me desculpei, larguei a jovem e fui exultante de volta à praia. O ar era mais fresco, a noite mais linda, e uma sensação de alegria e otimismo me envolveu.

GLOSSÁRIO

- *Bar Mitzvah*
  Cerimônia religiosa que os rapazes judeus fazem aos treze anos, para serem reconhecidos pela comunidade como responsáveis por suas decisões.

- *capale*
  Também chamado de *kipá*, ou solidéu, em português, é um pequeno chapéu que os homens usam como sinal de devoção a Deus. Hoje, em algumas comunidades, as mulheres também usam o *capale*.

- *clientelchik*
  Vendedor ambulante que passava de porta em porta, constituindo uma clientela e vendendo a prestações.

- *cocletales*
  Bolinho de carne frita achatado como o hambúrguer.

- *gefilte fish*
  Bolinho de peixe cozido tradicional da culinária judaica, feito com carpa e traíra.

- *gói*
  Aquele que não é judeu.

GLOSSÁRIO

- *iamulca*
  O mesmo que *capale*.

- *ídiche*
  Idioma dos judeus da Europa Oriental, baseado no Alto Alemão, com presença de vocábulos originários do alemão, hebraico e línguas eslavas.

- *kasher*
  Comida preparada de acordo com as leis religiosas judaicas. Exclui porco, frutos do mar e proíbe misturar produtos lácteos com carne.

- *macheteinem*
  Afins; os pais dos noivos.

- *milechik*
  Produtos lácteos.

- *minion*
  Quórum de dez homens necessário para se fazer uma reza. Hoje em dia, em algumas comunidades, as mulheres também podem constituir o quórum.

- *shames*
  Zelador da sinagoga.

- *shatche*
  Casamenteiro, pode ser homem ou mulher.

- *sheitl*
  Cabeleira usada por mulheres muito religiosas que cortam seus cabelos quando se casam.

- *shochet*
  Profissional responsável por abater as galinhas de acordo com a lei religiosa judaica.

- *shtetl*
  Aldeia na Europa Oriental constituída majoritariamente por judeus.

- *sultze*
  Gelatina feita a partir dos ossos do peixe; espécie de pirão.

- *tales*
  Também chamado de *Talit*, é um xale que os religiosos usam durante a reza.

- *tvilim*
  Em português, filactério. Duas caixinhas de couro, cada qual presa por uma tira de couro de animal *kasher*. É usada durante parte das rezas judaicas; as caixinhas são atadas à cabeça e ao braço esquerdo, próximo ao coração.

- *yoec*
  Caldo de galinha.

Os irmãos Israel, Victor e Moyses Nussenzweig
(Desenho de Moyses Nussenzweig)

O AUTOR E A ILUSTRADORA

VICTOR NUSSENZWEIG nasceu em São Paulo, em 1928. Sempre estudou em escolas públicas e formou-se em Medicina pela USP. Em 1963 obteve uma bolsa Guggenheim para trabalhar com o doutor B. Benacerraf no New York University Medical Center. Em abril de 1964 tentou voltar para a Escola de Medicina da USP, mas naquela época não havia clima adequado para a pesquisa e ele decidiu voltar para os EUA. Desde 1960, pesquisa uma vacina contra a malária, que está atualmente sendo testada na África. Tornou-se professor titular da Universidade de Nova York em 1971. Casou-se com Ruth Nussenzweig, também cientista, que namorou desde a Faculdade de Medicina. Tem três filhos e seis netos.

PALOMA FRANCA AMORIM, amazônida da cidade de Belém do Pará, é ilustradora e cronista. Formada em Artes Cênicas pela Universidade de São Paulo, Paloma atua no meio editorial desde 2010, quando começou a produzir ilustrações para revistas e jornais. Radicada há dez anos em São Paulo, escreve crônicas e contos à distância para o jornal da região norte, *O Liberal*, desde 2009. É integrante de diversos coletivos de atuação cultural como o grupo de teatro de rua de São Paulo Coletivo de Galochas, o grupo de difusão de cultura feminista Coletivo 2ª Opinião e o Qualquer Quoletivo – núcleo de produção cultural da região norte do país.

Copyright desta edição © Hedra 2014
Copyright © Victor Nussenzweig 2014
Copyright das ilustrações © Paloma Franca Amorim 2014

Grafia atualizada segundo o Acordo Ortográfico da Língua Portuguesa de 1990, em vigor no Brasil desde 2009.

Editor Iuri Pereira
Capa Ronaldo Alves
Ilustrações Paloma Amorim
Programação e diagramação em LaTeX Bruno Oliveira
Assistência editorial Bruno Oliveira
Revisão Carla Mello Moreira

Dados Internacionais de Catalogação na Publicação (CIP)
(Catalogação por Ruth Simão Paulino)

N975

Memórias de um menino judeu do Bom Retiro. / Victor Nussenzweig.
Ilustração de Paloma Franca Amorim – São Paulo: Hedra, 2014.
95 p.

ISBN 978.85.7715.325-1

1. Victor Nussenzweig (1928-). 2. História de vida. 3. Imigrantes judeus.
4. Cidade de São Paulo. 1. Bairro Bom Retiro I. Título. II. Amorim,
Paloma Franca

929   CDD 920

Índices para catálogo sistemático:
1. Relatos biográficos 920

Todos os direitos desta edição reservados à
EDITORA HEDRA LTDA.
Rua Fradique Coutinho, 1139 (subsolo)
05416-011 São Paulo SP Brasil
+55 11 3097 8304
editora@hedra.com.br
www.hedra.com.br

Adverte-se aos curiosos que se imprimiu esta obra em
nossas oficinas em 6 de janeiro de 2014, sobre papel
Norbrite Book Cream 66 g/m², composta em tipologia
Charter BT, em GNU/Linux (Gentoo, Sabayon e Ubuntu),
com os softwares livres LaTeX, DeTeX, VIM, Evince, Pdftk,
Aspell, SVN e TRAC.